KB038000

여전히
서툰
오십

그래서
담담
하게

여전히 서툰 오십 그래서 담담하게

초판 1쇄 인쇄 2022년 7월 31일
초판 1쇄 발행 2022년 8월 10일

지은이 허일무

책임편집 정은아
편 집 윤소연

디자인 롬디
표지디자인 유어텍스트

마케팅 총괄 임동건
마케팅 전화원, 한민지, 이제이, 한솔, 한울
경영지원 이순미

펴낸이 최익성
출판총괄 송준기
펴낸곳 파지트
출판등록 2021-000049 호

제작지원 플랜비디자인

주 소 경기도 화성시 동탄원천로 354-28
전 화 031-8050-0508 **팩 스** 02-2179-8994
이메일 pazit.book@gmail.com **페이스북** @pazitbook

ISBN 979-11-92381-11-4(03810)

여전히 서툰 오십
그래서 담담하게

허일무 지음

P:AZIT

프롤로그

여전히 흔들리는 오십, 새로운 나와 마주하는 연습!

나이 오십 지천명, 지금까지 열심히 노~오력하며 괜찮게 살았다고 생각했습니다. 방황하던 청소년기를 제외하면 군대 제대 후 지금까지 앞만 보고 달리며 치열하게 살았습니다. 목표를 이루기 위해 몸에 가장 해로운 안주가 현실 안주라며 호기심의 끈을 놓지 않고 새로운 것을 배우고 도전했습니다. 직장 시절에는 경험이 삶을 풍부하게 한다는 믿음으로 편안한 업무보다는 더 고된 업무를 선택하여 현장 부서로의 지원도 망설이지 않으며 나 자신을 담금질하며 살았습니다. 직장을 그만두고는 새로운 꿈을 위해 입술을 깨물며 주경야독하여 작은 성과를 얻었고, 내 이름이 인쇄된 몇 권의 책도 저술했습니다.

하지만 어떤 사람을 좋아했던 이유가 나중에 싫어하는 이유로 변하듯, 젊은 시절에 성취와 삶을 이끌었던 신념과 강점이 언제부터인가 나를 힘들게 한다는 생각이 들었습니다. 지금까지 나를 세상에 세운 것도 나고, 나를 괴롭힌 것도 나였습니다.

나이 오십을 지천명이라며 어떤 뜻을 갖고 있는지 설명하는 것은 중요하지 않습니다. 각자가 모두 다른 오십을 살아가고 있기 때문입니다. 다만 알 만큼 알고 벌 만큼 벌고 이룰 만큼 이루고 성숙할 만큼 성숙해서 남은 삶을 아무 걱정 없이 편안하게 살 준비가 된 사람은 많지 않은 것 같습니다. 나이 오십은 여전히 치열한 삶의 한가운데 있을 뿐입니다.

오십 대는 역할 과잉의 시기입니다. 직장에서는 리더의 자리에서 성과에 대한 무거운 책임을 져야 하고, 남은 후반부 인생 3막도 준비해야 합니다. 가정에서는 부모로서 자녀 학업과 결혼을 뒷받침하고, 자식으로서 노부모를 봉양해야 하고, 사위와 며느리로서 양가 어른과 친인척 대소사까지 챙겨야 합니다. 형제자매 중 어려움이라도 겪으면 고통도 함께 나누어야 합니다.

한 친구는 부모님 모두 지병으로 거동이 불편합니다. 그 친구는 직장에 다니며 일주일에 두세 번 본가에 가서 부모님을 모시고 병원에 가야 하는 것이 때론 너무 지치고 힘들다고 호소합니다. 그러니 특별한 경우를 제외하고는 나이만큼 짊어진 삶의 무게로 인해 나만의 삶을 살겠다는 생각은 그저 욕심에 불과할 수도 있습니다.

오십 대는 인간관계의 조정 시기입니다. 삼사십 대는 관계 확장의 시기라면 오십 대는 관계를 재편하는 시기입니다. 많은 사람을 만나고 술을 마시고 활동하기에는 체력적인 한계도 있습니다. 비즈니스를 위한 특별한 관계가 아니면 대부분 개인의 활동 영역과 과거의 관계 내에서 마음이 맞는 사람 중심으로 지속할 관계를 정하게 됩니다. 또 하나는 관계의 회복입니다. 젊은 시절 서투르고 미성숙한 태도로 상처를 준 가족관계를 회복하기 가장 좋은 시기이며, 마지막 기회입니다. 이를 위해서는 자신을 성찰하고 인식을 높이기 위한 노력이 필요합니다. 관계 변화를 위해 가장 중요한 것은 상대방의 행동을 바꾸는 것이 아니라 자신의 행동을 바꿈으로써 상대의 반응을 바꾸는 것입니다.

오십의 마음은 완전하지도 완벽하지도 않고 여전히 흔들립니다. 그래도 다행인 것은 삼사십 대의 시행착오와 치열한 경험을 바탕으로 무게 중심을 잡을 수 있는 근육이 생기는 시기가 오십입니다. 신정근 교수는 자신의 저서 《오십, 중용이 필요한 시간》에서 "중용은 대충 고민하다 어물쩍 타협하는 결론이 아니라 치열하게 고민하고 인간의 한계 안에서 내리는 최선의 결론이다"라고 말했습니다. 오십, 나 자신과 주변에 대해 치열하게 고민하며 더 나은 삶을 살고, 괜찮은 내가 되기 위해 최선의 결론을 내리며, 새로운 나를 만나는 연습을 해야겠습니다.

차례

1부

신념이 쉰념이 되지 않도록

2부

소탕에서 소통으로

3부

새로운 나와 마주하는 연습

신념이
쉰념이
되지 않도록

진정한 자기로 살아가는 연습

나 자신이 낯설어질 때가 있습니다. 아니, 내가 어떤 사람인지 모를 때가 있다는 표현이 더 맞습니다. 낯선 느낌의 나는 어디서 왔는지, 나의 정체성이 무엇인지 잘 알지 못하겠습니다. 다만 분명한 것은 그런 혼돈과 고민은 치열하게 살다 잠시 멈추는 순간에 감기처럼 찾아옵니다. 이는 자신보다는 세상과 타인의 기대를 충족시키기 위해 살면서 치러야 하는 대가라고 생각합니다.

잘하든 못하든 상대가 만족하든 불만족하든 정도의 차이만 있을 뿐, 학생 때는 선생님과 부모님의 기대를, 성인이 되어 사회에 나와서는 상사와 조직의 기대를, 결혼해서는 반려자의 기대를, 부모가 되어서는 자식의 기대를, 다시 나이 들어서는 연로하신 부모의 기대를 충족시키며 사느라 자신의 내면을 탐색하고 들여다볼 시간이 부족했습니다. 주변에 진정한 자기로 살아가는 것이 중요하다고 말해주는 사람도 없었습니다.

그래도 막연하지만 오십이 되면 좀 더 주체적으로 나의 삶을 살아갈 수 있으리라 기대했습니다. 하지만 여전히 이루어 놓은 것 없는 현실에 조급증은 심해지고 작은 결정 앞에서도 갈대처럼 흔들리며 중심을 못 잡는, 어쩌다 오십 대로 살고 있는 나를 발견합니다. 결국 깨닫게 됩니다. 진정한 자기로 사는 것은 시간이 해결해주는 것이 아니라 그렇게 살아가려고 노력하는 사람에게 주어진다는 것을.

진정한 자기로 살아가는 것은 완벽한 정답도 정도도 존재하지 않습니다. 다만 분명한 것 중 하나는 진정한 자기로 살고 있는지에 대한 자각과 그렇게 살겠다는 결심이 필요합니다. 이런 결심을 자극하는 방법은 본질적인 질문을 반복해서 던지는 것입니다. 진정한 자기로 살고 있는지의 여부를 묻는 리트머스 시험지 같은 질문은 '내일 죽어도 지금의 자기 자신으로 살아가겠는가?'입니다. 매일 이 질문을 반복적으로 던지면서 내면에서 들려오는 느낌과 소리에 귀를 기울이게 될 때 새로운 나와 마주하는 결단과 용기가 생기게 됩니다.

진정한 자기로 살아가기 위한 또 다른 방법은 '나'이기는 한데 나에게도 낯선 '새로운 나'를 자꾸 만나면서 그 '새로운 나'에게서 나 자신이 진정한 평안을 느끼는가, 느끼지 않는가를 점검하고 나에게 진정한 평안을 주지 않는 나의 모습을 탈각시켜 나가는 것입니다.

이것을 위해 가장 좋은 방법은 기존에 자신이 갖고 있는 생각이나 신념과 상충되는 일탈의 경험을 자신에게 선물하는 것입니다. 내가 누구인지, 무엇이 나에게 맞는지, 무엇을 하고 싶은지는 생각만으로는 알 수 없습니다. 직접 대면하면서 거기서 오는 느낌과 욕구를 살필 때 진정한 자기를 만날 수 있습니다. 음식이 자신의 취향에 맞는지 안 맞는지 직접 먹어보는 사람만이 자신의 기호와 입맛을 알게 되는 것과 같습니다.

다행히도 오십에는 자기로부터 한걸음 떨어져 자기와 마주할 수 있는 시간과 마음의 여유가 생기기 시작합니다. 하지만 망설이며 젊었을 때의 관성대로 살아간다면 육십이 되고 칠십이 되어서도 버나드 쇼의 묘비명만 되뇌이지 않을까 생각합니다.

"우물쭈물하다 내 이럴 줄 알았다!"

완벽에서
완성으로

지인이 자신의 강의에 청중으로 와달라는 연락을 해왔습니다. 그가 오랫동안 자료를 수집하고 연구한 주제로 하는 첫 공개 강의인지라 축하도 해주고 얼마나 완성도가 높은지 궁금해 늦은 저녁임에도 불구하고 참석했습니다. 강의를 앞둔 그의 표정에 긴장과 비장함이 느껴졌습니다.

그는 강의가 시작되자 한을 풀어내듯 거침없이 말을 쏟아냈습니다. 그 강의 주제를 위해 얼마나 고민하고 연구했는지 인정과 동의를 구하듯 현란하고도 자신감 있게 온몸으로 메시지를 표현했습니다. 직업의식이 발동해 평가자의 입장에서 강의를 듣던 나는 오디션 프로그램에서 심사위원들이 경연자의 노래에 심취하여 합격 버튼 누르는 것을 잊은 것처럼 메모하는 것도 잊은 채 그의 이야기에 빠져들었습니다.

강의가 끝나고 집으로 돌아오는 버스에서 왠지 마음이 우울했습니다. 최근에 뭐든 결심만 하고 LP 레코드판 위에서 튀는 바늘처럼 앞으로 나아가지 못하고 후회를 반복하며 사는 나 자신이 한심하게 느껴졌기 때문입니다. 허전한 마음을 달래기 위해 집 앞 슈퍼마켓에서 맥주를 사들고 집으로 들어가다 놀이터 앞에서 멈춰 그에게 전화를 걸었습니다. 그는 "저도 오랜 숙제를 해결한 것 같아 감정이 묘해서 집 앞에서 맥주를 사들고 들어가려 했어요. 서로 통하는 게 있네요"라며 좋아했습니다.

그는 나와 이런저런 얘기를 나누다 대화의 끝 무렵 이런 얘기를 했습니다.

"해보니까 알겠어요. 어떻게 해야 되는지, 그리고 무엇을 보완해야 되는지. 처음으로 다른 강의 주제에 조금씩 녹여서 했던 내용을 하나로 통합해서 해봤는데 완벽하게 하려고 너무 오랫동안 주저했나 봐요! 역시 부딪혀 봐야 되는 것 같아요."

나는 "맞아요. 해보면 그 느낌을 알 수 있는 것 같아요. 너무 고민만 하는 것도 안 좋은 것 같아요"라고 맞장구를 쳤습니다. 사실이 말은 나 자신에게 하는 말이었습니다. 지금까지 나는 꼼꼼하고 완벽하게 모든 것이 준비되면 실행하는 스타일이었습니다. 그렇기에 프로의 세계에서 밥벌이를 하며 살아남을 수 있었습니다. 하지만 나의 이런 태도는 주어진 기회를 스스로 포기하거나 놓치고 안전지대에 머물러 있게 만들었습니다. '제대로 할 수 없으면 하지 말자. 한 번도 안 해봤는데. 완벽하게 해야지'와 같은 언어체계에서 갇혀서 벗어나지 못하고 있었습니다. 생각해보면 내가 더 많은 만족과 통찰을 얻었던 것은 완벽하게 준비해서 계획대로 진행했던 일보다 완벽하지 않지만 상황에 맞닥뜨리며 직접 경험할 때였습니다.

이제 오십 대 나의 언어는 "일단 부딪혀 보자. 그냥 해보자"로 바꾸기로 했습니다. 다만 불빛을 보고 날아드는 불나방 같은 이십 대의 무모함이 아닌, 나에게 다가오는 관계와 일을 즐기면서 거북이처럼 가보기로 했습니다.

완벽한 시작과 성공보다는 먼저 시작하고 그 과정을 통해 성장하고 완성해나가면서 육십 대를 맞이하고 싶습니다.

순수하게
그 행위를 즐기기

지금 살고 있는 동네로 이사 와서 어느 정도 짐 정리가 끝난 후 제일 먼저 인터넷으로 검색해 자전거 도로를 찾았습니다. 매일 조금씩 거리를 늘려가며 왕복 2시간 정도 라이딩 코스를 개발했습니다. 언제부터인가 혼자 채워야 하는 하루의 일상에서 상쾌한 바람에 외로움을 씻으며 자전거에 몸을 맡기는 것은 나에 대한 보상이며 피로 회복제가 되었습니다. 자전거에서 내려 발을 내디딜 때 허벅지에서 느껴지는 단단하고 묵직한 느낌은 가장 짧은 시간에 뿌듯함과 성취감을 줍니다.

그렇게 몇 개월이 흐르고 매일 똑같은 코스로 자전거를 타다 보니 처음의 기대와 재미는 퇴색되고 반복적인 일상처럼 지루함으로 대체되기 시작했습니다. 자전거를 끌고 나가 의식적으로 가지 않았던 방향으로 핸들을 돌리며 새로운 루트를 개발했습니다. 그리고 스스로 마음속으로 이런 말을 되뇌었습니다. '역시 나는 변화를 메시지가 아닌 몸으로 실천하는 사람이야!'

직업병이 도진 겁니다. 20년 동안 진정성 있는 메시지를 전달하는 작가와 강사가 되려면 메신저와 메시지가 일치해야 한다는 강박증입니다. 이제 더 이상 자전거 타기는 기분 전환과 건강을 위한 운동이 아니라 변화를 실천하는 과제가 되어버린 거죠.

어느 날 넷플릭스에서 〈히든피겨스〉라는 영화에서 인상 깊은 장면을 보면서 아내에게 이런 이야기를 했습니다.

"여보, 이 장면은 너무 좋은데. 나중에 강의에 활용하면 좋겠어!"

아내는 한숨을 쉬며 나를 안쓰럽게 쳐다보더니 한마디 던졌습니다.

"영화 좀 그냥 편하게 봐. 맨날 드라마를 보든 영화를 보든 강의에 써먹을까 생각하지 말고. 그냥 즐기면 안 돼?"

철저한 프로 정신을 갖고 모든 일상을 대하는 나의 가치를 몰라주는 것 같아 서운했습니다. 하지만 한편으로는 어떤 대상을 직업적인 관점으로만 인식하며 온전히 즐기지 못하는 나 자신에 대한 불편함도 가슴속에서 올라왔습니다.

모든 것을 일과 연결해 생각하거나 익숙함에 대해 불편함을 가지기 시작한 것은 이삼십 대 직장 시절로 거슬러 올라갑니다. 특별한 스펙과 배경이 없었기 때문에 치열한 경쟁에서 살아남으려면 남다르게 노력해야 한다고 생각했습니다. 그러기 위해서는 차별화가 필요했고, 무엇을 하든 일을 중심으로 세상을 인식하고 판단하고 변화를 시도했습니다. 이런 노력으로 상사와 동료들에게 인정받으며 작은 성공의 경험들을 쌓았고, 한 발 더 앞서 나갈 수 있었습니다.

하지만 무엇에 쫓기는 사람처럼 마음에는 항상 반복해서 찾아오는 두통같은 불안함을 달고 살았습니다. 생각해보면 그 누구도 나에게 그런 삶을 살아야 한다고 강요하지 않았습니다. 그럼에도 불구하고 어떤 것에 익숙해지면 그것이 주는 안정과 시간적 여유를 즐기지 못하고 새로운 것을 찾아 나섰습니다. 좋아하기도 했지만 잘한다고 인정받았던 교육 업무에 익숙해지자 상사의 만류에도 불구하고 서둘러 현장 영업사원으로 지원했습니다. 영업에서도 남들이 하지 않는 다양하고 새로운 시도를 했습니다. 그리고 또 익숙해지면 여지없이 불안증이 찾아왔습니다. 이렇게 누적

된 작은 불안들은 결국 직장을 떠나게 했고, 완전히 다른 삶을 살게 만들었습니다. 그리고 여전히 작은 여유와 쉼조차 죄의식으로 느끼는 나를 만나고 있습니다.

새로움을 찾고 일의 관점에서 모든 것을 바라보는 것은 나의 경쟁력이고 정체성이 됐습니다. 하지만 때로는 그것이 일상에서 행복의 경험을 제한하고 만족을 떨어뜨리며 불안을 조장하면서 어떤 대상과 행위 자체를 그대로 바라보지도 즐기지도 못하게 하는 부작용을 만들었습니다.

오십 대도 여전히 상황이 녹록지 않습니다. 아이들 대학 졸업에 결혼, 그리고 현재 하는 일을 더 오랫동안 하기 위해 나 자신을 개발하고 갈고 닦아야 합니다. 비슷한 일을 하는 지인들도 롱런하기 위해 세상이 변하는 속도와 방향을 좇아가는 것이 버겁다고 말합니다. 그래도 어쨌든 남은 삶을 좀 더 행복하게 살려면 때론 익숙함을 경계하기보다는 그것이 주는 혜택을 즐기며 아무 생각 없이 대상과 행위를 바라보는 연습이 필요합니다. 나에겐….

채움에서
비움으로

하루는 일을 마치고 집으로 돌아왔는데 아내가 책장 앞에 웅크리고 앉아 이 책 저 책을 꺼내 놓고 뒤적거리고 있었습니다. 책에 대해 애착이 많고 민감한 편이어서 뭐하냐고 물으니 중고서점에 팔 책을 고르고 있다고 합니다. 오래전부터 자리만 차지하는 묵은 책들을 버리자고 성화더니 드디어 결단을 내린 것입니다. 중고책을 거래하는 서점의 휴대전화 앱으로 ISBN을 일일이 찍어보면 가격이 얼마인지 알 수 있다며 기대감에 열심히 바코드를 스캔하는 아내에게 소심하게 저항하며 이야기했습니다.

"팔아서 얼마나 받는다고, 그냥 놔두지."

아내는 몇 번씩 말을 해도 듣지 않는 아이를 혼내듯 신경질적으로 대답했습니다.

"당신은 그게 문제야. 뭘 모으고 쌓아두기만 하지 버릴 줄 몰라. 버리는 게 더 중요하다고."

나는 더 이상 대꾸하지 못하고 아내의 얘기에 동조하는 의미로 책장에서 한 번도 읽지 않은 새 책들을 꺼내주며 중고가격이 얼마인지 찍어보라고 했습니다.

내 방 책장에는 이십 대 초반부터 모아온 책들이 500여 권 이상 있습니다. 진열된 책 중에 20퍼센트 이상은 구매해서 읽어보지도 않은 책들이고, 50퍼센트는 예전에 읽고 다시는 들여다보지 않는 책들입니다. 그런데 그게 책뿐만이 아닙니다. 이런저런 이유로 버리지 못하고 집착하며 쓸데없이 공간을 차지하고 있는 다른 물건들도 많습니다.

나이를 먹어가면서 아버지를 닮아가고 있다는 생각이 듭니다. 아버지는 20년 이상 입지 않는 옷들을 옷장과 박스에 겹겹이 쌓아놓고 버리지 않으십니다. 그것뿐만이 아닙니다. 몇십 년 된 수첩과 잡화, 책들이 집 안 구석구석에 가득합니다.

어머니는 사용하지 않는 물건과 입지 않는 오래된 옷을 버리지 못하는 아버지에게 불만이 많습니다. 그때마다 아버지는 다 쓸데가 있는데 그냥 놔두라며 역정을 내십니다. 막내가 이십여 년 전 경찰대학 시절에 입었던 정복도 소중하다며 아직 간직하고 계시니 어느 정도인지 알 것입니다.

그런데 내가 살아가면서 겹겹이 쌓아 놓고 버리지 못하는 건 책이나 옷 같은 물건만이 아닌 것 같습니다. 이메일, 문자, 오래된 강의 자료, 심지어 좋지 않았던 나의 경험에 대한 느낌과 감정 그리고 사람들과의 관계들도 겹겹이 쌓아 놓고 살아갑니다.

얼마 전 한 컨설팅업체의 팀장과 교육 프로그램에 대한 의견 차이로 언성이 높아지는 일이 있었습니다. 대화가 끝나고 감정의 찌꺼기가 가시지 않아 계속 불편함으로 남아 있었습니다. 결국 전화를 해 사과하고 나서야 불편한 감정들을 어느 정도 덜어낼 수 있었습니다.

살아보니 역시 채우는 것보다 비우고 버리는 것이 어렵습니다. 치열한 경쟁 시스템에서 생존하기 위해 강박적으로 축적하고 채우는 데 익숙해진 것 같습니다. 삶의 무게 중심이 지나치게 미래로 기울어져 있는 것도 영향을 미칩니다. '나중에, 언젠가는' 하며 버리지 못하고 방치하는 거죠.

여행을 가면 복잡한 생각이 정리되고 마음이 편안해집니다. 살고 있는 집과 다르게 먹고 자는 것과 관련된 필수적인 것만 있는

데도 전혀 불편함이 없습니다. 여기저기 오랜된 물건으로 꽉 채워진 집과는 다르게 여행지 숙소의 비워진 공간은 생각과 마음마저 가볍게 합니다. 익숙한 대상이 많은 공간에서는 집중이 잘 안되고 마음이 복잡해지는 이유는 그것과 연관된 이야기와 느낌, 생각과 연결되기 때문일 것입니다.

그렇습니다. 마음을 비우고 새로운 것을 채우려면 비워야 합니다. 오십 이전의 삶은 채우고 움켜잡는 것에 방점을 두었다면 오십 이후의 삶은 비우는 지혜가 필요합니다. 하지만 비우고 버리는 것을 배워본 적도 없고, 아무도 가르침을 준 적도 없어 조금씩 연습이 필요합니다.

오늘은 책상 서랍 속에 몇 년 동안 내 손길이 닿지 않았던 물건들을 과감하게 비워야겠습니다.

신념이
'쉰념'이 되지 않게

아버지를 모시고 병원에 다녀오는 길에 이런저런 대화를 하다 넘지 말아야 할 선을 넘어버렸습니다. 평소에 어머니가 푸념처럼 얘기하는 아버지에 대한 어머니의 불만을 어머니를 대신해 아버지에게 잔소리하듯 말했습니다. 얘기를 듣고 계시던 아버지가 버럭 화를 내셨습니다.

"엄마 마음대로 생각하라고 해. 내가 살면 얼마나 산다고. 내가 하고 싶은 대로 다 했으면 네 엄마는 더 힘들었을 거야!"

더 이상 아무 말도 하지 못했습니다. 이어진 아버지의 막강한 화력의 역공을 받으며 선불리 말을 꺼냈나 싶어 후회가 파도처럼 밀려왔습니다. 구순을 앞둔 아버지에게 뭘 바꾸라고 하는 것은 무리수입니다. 일반적으로 사람들은 나이가 들수록 말이 많아집니다. 고집도 세지고 경험한 세상에 대한 확신은 말할 것도 없습니다. 대부분 '내가 해봐서 아는데~, 내가 살아보니~'로 시작해서 '해야 된다, 하지 말아야 한다, 필요하다, 필요 없다'로 끝나는 말들입니다. 이런 걸 신념이라고 합니다.

신념은 우리의 행동과 선택, 성취에 영향을 줍니다. 어떤 사람이 얻은 결과가 좋든 나쁘든 그 이면에는 그것을 설명해주는 신념이 있습니다. "당신이 어떤 일을 할 수 있다고 믿든, 할 수 없다고 믿든 당신은 옳다"는 격언은 사람들은 각자의 신념대로 산다는 의미입니다. 올바른 신념은 삶에 긍정적인 영향력을 주고 좋은 결과를 만듭니다. 그러나 한번 형성된 신념은 콘크리트와 같아서 시간이 지날수록 점점 견고해집니다. 바꾸기도 어렵고 때로는 삶의 다양한 영역에서 문제를 만들기도 합니다.

나는 이런 신념을 '쉰념'이라고 표현합니다. 물론 어디에도 없는 '듣보잡' 용어지만 나만의 개똥철학이 담겨 있습니다. 나이 오십의 '쉰'과 음식 따위가 상하여 맛이 시금하게 변한다는 의미의 '쉬다'의 이중적 뜻입니다. '꼰대'와 '꼴통' 소리를 듣는 사람들은 쉰념이 강한 사람들이 아닐까 생각됩니다. 쉰념은 표현하든 안

하든 '절대로' '꼭' '반드시' '언제나' '항상'과 같은 수식어를 포함하고 있습니다.

오십이 되면서 정확히 무엇인지 모를 불편함이 가슴속에 맴돌며 나를 힘들게 했습니다. 중요한 시험에서 시험지를 받기 전과 같은 마음의 상태가 자주 반복됩니다. 그 불편함은 나의 집중력을 방해하고 뭐 마려운 강아지 마냥 초조함과 불안으로 이끌었습니다. 더 이상 방치하면 안 될 것 같아 그 불편함의 원인을 하나씩 찾아 지우고 조각해서 행복하고 안정적인 삶을 살기로 결심했습니다.

솔직히 오십 정도 되면 벼가 익은 황금 들판처럼 여유 있고 풍성한 삶을 살고, 괜찮은 사람이 되어 있을 줄 알았는데 현실은 그렇지 않습니다. 생각해보니 할 줄 아는 것도, 이루어 놓은 것도 별로 없고 관계와 소통도 여전히 미숙한 나 자신에 대한 자괴감만 커집니다. 나의 생각과 현실의 차이에서 오는 일종의 인지 부조화입니다. 인지 부조화를 해결하는 방법은 두 가지입니다. 생각을 바꾸거나 행동을 바꾸는 것입니다. 특히 자신을 불안하게 만들고 관계와 소통에 문제를 만드는 쉰념을 찾아 변화시켜야 합니다. 그것은 지금까지 확신을 갖고 있었던 신념에 강력분으로 빚어낸 우동의 면발 같은 탄력과 유연성을 부여하는 것입니다.

내가 지금까지 살면서 '반드시' '절대적으로' '항상' 같은 수식어를 붙이며 생각하고 말하고 행동했던 모든 것에 새로운 가능성을 열어 놓고 반대편에 있는 나를 만나고 경험해야 합니다. 또한 그런 경험에서 오는 느낌을 곱씹으며 불편한 나와 이별하고 안정과 행복으로 이끄는 새로운 나를 만나는 연습이 필요합니다.

뒷담화 빌런이 되지 않기

운동을 하고 집으로 돌아오면서 길목에 있는 편의점에 들렀습니다. 커피 한잔을 사서 편의점 앞에 있는 의자에 앉아 오랜만에 생긴 여유를 만끽하며 작은 행복을 느끼고 있었습니다.

그런데 옆자리에 앉아 큰 목소리로 수다를 떨고 있는 두 아주머니의 목소리가 점점 더 커지면서 나를 다시 치열한 일상으로 데려왔습니다.

"솔직히 우리 애도 그렇게 예쁘지 않지만 ○○네 집 딸은 키는 큰데 얼굴은 왜 그런지 모르겠어. 또 ○○집 딸은 공부는 잘하는

데 얼굴과 몸매는 정말 엄마 닮아서…. 나중에 어떻게 될지 걱정이야."

두 사람은 오디션 프로그램에 나오는 마스터처럼 다른 집 자녀들의 단점을 아주 구체적이고 자세하게 평가하며 신이 난 모습이었습니다. 두 사람의 대화를 계속 듣고 있자니 마음 한구석에서 불편함이 올라왔습니다. 두 사람에게서 내 모습을 발견했기 때문입니다.

돌이켜보면 나 역시도 관심과 언어의 방향이 나보다는 타인을 향했습니다. '누가 어떻게 하더라, 누가 문제가 있더라, 누구는 그러면 안 돼'와 같이 비교하고 평가하면서 나 자신이 좀 더 우위에 있거나 더 괜찮은 사람이라는 것을 증명해 보이려고 했던 것 같습니다. 나보다 더 잘나가는 사람에 대해서는 칭찬으로 포장된 험담과 뒷담화를 하며 열등감을 극복했습니다.

하지만 그런 시도와 대화 뒤에는 찝찝함과 인격적으로 성숙하지 못한 나 자신의 한심함으로부터 오는 정서적 불쾌감만 찌꺼기로 남았습니다. 다시는 그러지 말아야지 다짐하면서도 자존감에 스크래치를 입거나 열등감이 생길 때면 여지없이 타인의 삶을 내 마음대로 평가하고 부정하는 뒷담화 빌런이 되었습니다.

어느 날 오랫동안 연락하지 못하고, 아니 솔직히 끊고 지내던 지인에게 뜻밖에 연락이 왔습니다. 휴대전화에 뜬 이름만 봐도 불편함이 올라왔습니다. 전화를 그냥 끊을까 생각하다가 받았습니다.

"누구한테 들었는데 저에 대해 안 좋은 얘기를 하고 다닌다고 해서요. 저는 그런 분이 아니라고 생각했는데…. 그래서 제가 지난번 학교에서도 아는 척을 하지 않았습니다. 제가 들은 소문이 사실인가요?"

순간 당황하고 부끄러워서 어디 쥐구멍이라도 들어가고 싶었습니다. 하지만 거짓말로 해명하는 것은 더 비참해질 것 같아 솔직하게 이야기했습니다.

"네, 제가 그런 얘기를 한 것 맞습니다. 어쨌든 이유를 불문하고 뒷담화한 것은 사과드리겠습니다. 그런데…" 하며 궁색하지만 나의 입장을 설명했습니다. 그는 내 얘기를 듣고 자신에게도 잘못이 있다며 사과하고 대화가 마무리되었습니다. 이 통화를 끝으로 앞으로 남은 삶은 타인을 함부로 평가하거나 뒷담화하지 않기로 결심했습니다.

이삼십 대 때는 환경과 다른 사람을 탓하거나 비교하면서 상대적 가치와 경쟁을 지향하며 살았습니다. 누군가를 평가하거나 비난하는 데는 내가 너보다 더 괜찮은 사람이어야 한다는 생각이 숨겨져 있습니다. 하지만 오십에는 비교의 삶을 살아가는 상대적 가치가 아니라, 온전하게 자신에게 에너지를 집중하며 내면의 탐색과 변화를 통해 결핍을 채워나가는 절대적 가치의 삶을 살아야 하지 않을까요.

나만의 케렌시아를 찾아서

오랜만에 대학 친구와 만나 술잔을 기울였습니다. 우리는 과거로 돌아가 4학년 때 둘이 떠났던 일본 배낭여행을 안주 거리 삼아 이야기꽃을 피웠습니다. 이런저런 이야기를 이어가다 술김에 제주도 올레길 트래킹을 같이 떠나기로 약속했습니다. 친구는 술 마시고 한 약속들은 대부분 말로만 끝난다며 날짜까지 정하자고 했습니다. 다음 날 오후, 친구에게서 비행기 티켓을 예매했다는 메시지가 왔습니다. 예상하지 못한 친구의 과감한 추진력에 아내의 허락까지 떨어져 제주도 여행은 기정사실화되었습니다.

지천명을 앞둔 두 남자의 여행은 학창 시절 수학여행을 앞둔 학생 때와는 다른 설렘을 주었습니다. 양어깨를 누르고 있는 일과 역할의 무게와 책임으로부터 해방되어 잠시나마 친구와 함께 과거로 돌아갈 수 있다는 기대감 때문일 것입니다.

2개월 후 예정 날짜에 제주도로 출발했습니다. 새벽 비행기로 떠나 트래킹 출발 지점에 10시쯤 도착했습니다. 첫째 날 2개 코스를, 둘째 날 1개 코스를 완주해야 하는 녹록지 않은 일정이었습니다. 친구와 나는 그동안 가슴에 묻어두었던 얘기와 과거의 기억들을 실타래처럼 풀어 놓았습니다. 서로의 얘기에 훈장질하지 않고 온전하게 들어주는 것만으로 위로받고 힐링되는 느낌이었습니다. 걷는 시간과 거리가 길어지면서 발바닥이 아프고 무감각해지는 고통이 찾아왔지만 마음과 영혼은 더 충만해졌습니다.

친구는 올해만 벌써 7번째 제주도 트래킹이라며 자신이 왜 제주도를 찾는지 이야기했습니다.

"너 케렌시아라는 말 들어봤냐? 제주도를 걷는 것은 나에게 일종의 케렌시아야!"

친구는 치열한 삶의 전쟁에서 상처받고 지친 심신을 달래려 제주도에 와서 걷는다고 했습니다.

"걸으면서 세상과 타인을 향해 욕도 하고 원망도 해. 그런데 온종일 걷다 보면 마음이 편해지고 모든 것을 잊어."

케렌시아querencia는 스페인어로 '피난처, 안식처'란 뜻입니다. 투우장에서 싸움 사이에 소가 잠시 쉬는 공간을 의미합니다. 친구는 세상을 살아가면서 견딜 수 없는 현실을 감당하기 힘들 때, 어쩔 수 없다며 부딪히고 불평만 하지 않고 잠시 피해 자신을 추스르고 회복하는 지혜를 터득한 것입니다.

젊었을 때는 어려움과 힘듦을 감당할 수 없을 때 부모와 친구에게 의지하거나 나눌 수 있었습니다. 이제 부모님은 지켜드려야 할 대상이 되었고, 친구들은 각자 일과 가정을 지키기 위해 힘겹게 살아가고 있습니다. 그래서 오십 대는 스스로 치유하고 위로하는 지혜를 발휘해야 합니다.

우리는 어려움과 힘든 것을 정면으로 대면해야 한다고 배워왔습니다. 회피하고 힘들어하는 것은 나약한 사람들의 전유물이며, 그런 모습을 보이는 것은 치부를 드러내는 미숙한 행동이라고 생각했습니다. 하지만 누구에게나 치열한 삶의 전쟁에서 벗어나 스스로를 치유하고 숨을 돌릴 권리가 있습니다. 아니, 책임이 있습니다.

신화에서
벗어나기

오랜만에 만난 친구가 의기양양한 표정을 지으며 "야, 나 최근에 마라톤을 시작했어!"라고 자랑하듯 말했습니다. 대학생 때 움직이는 것 자체를 싫어해서 "귀찮아"를 습관처럼 입에 달고 다니던 녀석이 마라톤이라니 의외였습니다.

"네가 어떻게 마라톤을 할 생각을 다 했냐? 그렇게 운동을 싫어하는 놈이?"

친구는 "그러게. 너도 알다시피 나는 학창 시절뿐만 아니라 군대에서도 뛰는 것을 엄청 싫어했어. 그래서 재능이 없다고 생각했는데 직접 해보니 안 그렇더라!"라며 마라톤을 하게 된 이유를 설명했습니다.

친구는 직장생활을 하면서 사람들로부터 상처받고 좌절을 경험하며 스트레스가 점점 심해졌고, 그것을 해소하기 위한 방법을 찾다가 우연히 동네 마라톤 클럽에 가입해 뛰기 시작했습니다. 물론 평소 운동을 안 하던 저질 체력이라 쉽지 않았지만 무리하지 않고 조금씩 운동량을 늘리며 점점 더 마라톤의 매력에 빠져들었습니다. 그리고 처음으로 마라톤 풀코스에 도전했고, 최고 기록은 3시간 14분이라고 합니다. 동호회 회원 중에서 3시간대 진입할 수 있는 몇 안 되는 서브스리sub3 후보군에 들어갔고, 단순 취미를 넘어 동네 대표선수가 되었습니다. 마라토너들의 로망인 보스턴 마라톤 대회까지 가서 완주하고 왔으니 아마추어 마라토너로서 꽤 높은 성취를 이룬 것입니다.

"내가 마라톤을 해보니 사람들이 원래부터 못 하거나 안 한다고 말하는 것은 결국 하기 싫다는 거야. 실제 해보면 그렇지 않아!"

자기계발서에 나오는 듯한 식상한 얘기지만 자신과 반대편에 있는 모습을 경험한 친구의 얘기라서 그런지 설득력이 있고 더 가슴에 와닿았습니다.

나는 문득 마라톤 같은 거창한 것은 아니더라도 원래부터 싫어하고 못 한다고 떠들었던 것, 그래서 나의 경험과 기회를 스스로 제약했던 것 한 가지가 떠올랐습니다.

나는 원래부터 줄 서고 기다리는 것을 질색합니다. 누가 맛집에 가서 오랜 시간 줄 서서 식사를 하고 왔다고 하면 "그렇게 오랫동안 줄 서서 기다렸다 먹으면 맛있지 않은 게 이상하지. 배고프면 다 맛있지"라며 기다림의 노력을 폄하합니다. 실제로 커피전문점이든, 식당이든 줄을 서 있는 곳은 아예 피합니다. 교통체증이 심할 것 같아 도로에서 시간을 낭비할 것 같으면 집을 나서지도 않습니다.

친구의 마라톤 얘기가 계속 마음속에 남아 작은 파장을 만들어가고 있던 어느 날, 아내가 던진 한마디는 정서적 각성을 일으키며 변화의 파도를 일으켰습니다.

"당신처럼 기다리고 차 밀리는 것 싫어하면 살면서 좋은 기회와 경험을 다 놓치는 거야. 사람들이 줄을 서서 기다리고 차가 밀리는 데도 어딘가를 가려고 하는 건 그만큼 가치가 있다는 거야. 정말 답답해 죽겠어!"

그동안 기다림과 여백보다는 효율의 가치에 더 집중하고 살았습니다. 비효율적인 것은 모두 빨아들이는 나만의 블랙홀을 갖고 있었죠. 하지만 생각해보면 이런 나의 신념이 나뿐만 아니라 아내와 아이들에게도 새로운 기회와 경험을 하는 데 방해가 되었던 것 같습니다.

오십 이후의 삶을 새롭게 하고 싶다면 그동안 '원래부터'라고 말하며 하지 않았던 것들을 시도해봐야 합니다. 아주 사소한 것부터 해보기로 했습니다. 맛집에 가서 오랫동안 줄을 서서 기다려도 보고, 주말에 교통체증으로 차가 밀리는 것을 견디며 아울렛도 가보고….

어차피 할 거면 그냥 지르기

회사 다닐 때 알게 된 지인과 오랜만에 통화했습니다. 이런저런 근황을 물어보다 다음 주에 만나자고 하니 결혼 20주년 리마인드 해외여행이 계획되어 있다며 나중에 약속을 다시 잡자고 했습니다. 요즈음 직장문화가 바뀌어 과거와 다르게 눈치 보지 않고 휴가를 쓸 수 있다고 하지만, 중요한 직책을 맡고 있는 사람이 통화할 때마다 해외여행 간다는 얘기를 자주 하는 걸 보면 배짱이 두둑하다고 생각했습니다.

한편으로는 부러운 생각에 "대단하네요. 아무래도 상사 눈치도 보이고 비용도 만만치 않을 텐데, 어떻게 그렇게 해외여행을 자주 가요?"라고 물었습니다.

"카드로 긁어요. 어차피 갈 여행인데 돈을 모아서 가나, 갔다 와서 카드값 갚나 똑같은 거 아닙니까? 그런데 다 예약해놨는데 상사가 휴가 날짜를 조정하라고 해서 고민이네요. 그냥 가야죠!"라며 대수롭지 않게 대답했습니다.

그가 아무렇지도 않은 듯 무심하게 내뱉은 '어차피 갈 여행인데'라는 말이 전화를 끊고 나서도 머릿속에서 지워지지 않고 맴돌았습니다. '그래, 어차피 할 거면 하면서 살아야지….'

얼마 전 가족여행 얘기를 하다 아내가 한 말이 떠올랐습니다. "당신은 맨날 이것저것 재고 고민하다 할 것도 못 하고 살아. 어차피 여행 갈 생각이면 그냥 가면 되지."

솔직히 '어차피 할 건데' 하며 그냥 질러보는 것은 쉽지 않습니다. 어린 시절부터 불안감이 컸습니다. 무엇을 하기에 앞서 일단 걱정부터 합니다. '잘못되면 어떻게 하지. 그걸 하게 되면 이건 어떻게 하지. 이것도 해야 되는데'라며 발생하지 않은 일과 미래의 문제들을 현재로 가지고 와 걱정하거나 불안해합니다. 물론 걱정과 불안감은 사전에 철저하게 준비하게 만드는 장점과 시간을 끌다 시도조차 하지 않는 단점을 모두 갖게 만들었습니다.

그런데 생각해보면 많이 경험하지 않았지만 살면서 더 큰 기쁨을 얻거나 소중한 깨달음을 주었던 것은 앞뒤 안 재고 일단 과감하게 시도했던 것들이었습니다.

특히 한참 강의 스케줄이 많았던 때 24박 25일간 유럽으로 떠났던 가족여행이 그렇습니다. 강의 문의 연락이 오면 거절해야 했고, 그래서 기존 고객들과 단절되지 않을까 걱정해야 했지만 '어떻게 되겠지'라는 생각으로 떠났던 여행은 잊지 못할 선물 같은 경험이었습니다. 아직도 그때 눈에 담았던 유럽의 자연 풍광이 머릿속에서 떠돌고 있으니 말입니다.

오십부터는 하고 싶은 거 있으면 어느 정도는 재지 말고 하고 살아야 합니다. 가정 경제를 혼란에 빠뜨리지 않는 범위 내에서 삶의 무게 중심을 미래에만 두지 말고 오늘을 살면서 어차피 하고 싶은 거 눈 딱 감고 해보는 겁니다.

느리게 사는
연습

내가 사는 동네에 운 좋게도 기차역이 생겼습니다. 지방 출장이 많은 나에게는 최고의 입지 조건입니다. 집에서 역까지 자가용으로 10분 정도 걸리지만 예전에 기차를 타기 위해 40분 정도 이동했던 걸 생각하면 더할 나위 없이 좋아졌습니다. 사실 예전에 지방에 출장을 갈 때는 이것저것 들고 다니는 게 많고, 기차역까지 이동거리가 멀어 직접 운전해서 다녔습니다. 가까운 곳에 기차역이 생겨서 이용해보니 시간도 단축되고 몸과 마음이 자유롭고 편리해졌습니다.

오랜만에 경주 출장이 잡혔습니다. 오후 강의여서 시간을 넉넉하게 잡고 오전 일찍 출발하여 신경주역에 도착했습니다. 평상시 역에서 강의 장소까지는 거리가 꽤 멀기도 하고, 2시간 가까이 기차를 타고 도착하면 몸이 나른해서 편하게 택시를 타고 이동했습니다.

이번에도 습관적으로 택시를 타기 위해 승강장으로 이동하다 문득 이런 생각이 떠올랐습니다. '시간도 충분한데 꼭 택시를 타고 가야 할까? 버스도 있을 텐데, 버스를 타고 가면 무슨 문제가 있는가?'

처음으로 버스 승강장으로 방향을 돌렸습니다. 다행히 강의하는 장소까지 이동하는 버스가 있었습니다. 배차 간격이 1시간이고 이동시간이 택시보다 20~30분 더 소요되었지만 시간에 여유가 있으니 좀 기다렸다 버스를 타기로 했습니다. 혹시나 하는 불안감에 인터넷을 검색하며 강의 시간에 맞춰 도착하는 데 문제는 없는지 한 번 더 확인했습니다. 역에서 1시간 정도 책을 읽고 점심 식사까지 마친 후 버스에 승차했습니다. 버스 승객은 유일하게 나 혼자였습니다. 중간에 몇 명 타기는 했지만 거의 빈 차인 상태로 이동했습니다. 버스는 경주 시내를 관통했고 승객이 없어서인지 생각보다 이동시간이 빨랐습니다.

버스를 타고 가면서 만나는 경주 시내의 풍경은 매번 택시를 타고 갈 때와는 새로운 느낌이었습니다. 경주는 가족여행도 몇 번 왔었지만 유명한 관광지만 돌아다녔지 경주 시내에서 평범한 사람들의 모습과 일상은 처음 봤습니다.

예전에 우연히 만난 분이 지방을 다닐 때는 기차와 버스만을 이용한다고 해서 '왜 힘들게 고생을 사서 하나!'라고 생각했는데 이제야 그분이 왜 슬로라이프slow life를 추구하는지 이해되었습니다. 편안함과 속도를 추구하면서 얻는 것도 있지만 잃는 것도 분명히 있습니다. 조금은 불편하지만 때로는 느림을 통해 새로운 세상을 만나고 경험하게 합니다.

젊었을 때는 목표와 효율 그리고 속도가 중요한 것 같지만 오십 대부터는 느림과 우회가 주는 가치를 통해 새로운 경험을 선물하는 것도 필요합니다. 그래야 마음에 여유도 생기고 세상을 더 향유할 수 있을 것입니다.

버스를 타고 생각보다 더 빨리 강의 장소에 도착했고, 새로운 경험을 선물한 나 스스로를 기특해하며 기분 좋게 강연을 시작했습니다.

조급함에서
기다림으로

사십 대에 입버릇처럼 했던 얘기가 있습니다.

"내일모레면 내 나이 오십이야!"

그런데 진짜 오십이 되었습니다. '세월이 유수 같다'는 말이 실감납니다. 《논어》 〈위정〉편에서 나이 오십을 하늘의 명을 아는 지천명이라고 했습니다. 여기서 천명이란 하늘의 뜻을 알아 그에 순응하거나, 하늘이 부여한 최선의 원리를 안다는 뜻입니다. 오십이 되면 객관적이고 보편적인 입장에서 현상을 바라보고 생각하고 판단할 수 있어야 합니다.

오십이 되면서 마음이 많이 편안해지고 있습니다. 물론 성취와 경쟁보다는 조금씩 더 괜찮은 내가 되는 것, 그리고 배려와 공유에 더 무게 중심을 두려고 노력하고 있습니다. 그래서인지 행복감도 더 커지는 것 같습니다.

서울대학교 행복연구센터 최인철 교수는 4개월 동안 연령별로 주관적인 안녕지수Subjective well-being를 묻는 연구를 했습니다. 그 결과 십 대와 육십 대의 안녕지수가 높았습니다. 반면 이십 대부터 사십 대까지는 하향곡선을 그렸고, 오십 대부터 점수가 다시 반등합니다. 십 대부터 육십 대까지 전체적으로 U자형 곡선을 그립니다.

왜 이런 점수 분포가 나왔는지 여러 가지 해석이 가능합니다. 이십 대에서 삼십 대는 미래에 대한 불확실성을 극복해야 하고, 치열한 경쟁환경에서 새로운 경험과 도전에 직면하며 오롯이 자신의 삶을 개척해야 하기 때문에 긴장감과 스트레스가 높습니다. 오십이 넘으면 그동안 쌓은 경험과 통찰을 통해 일어날 일을 예측하고, 자신이 어떻게 반응하고 극복해야 하는지 방법을 알기 때문에 안정감이 더 커집니다.

그런데 안녕지수와 관련된 조사 결과는 인구통계학적인 현상에 그치는 것 같지는 않습니다. 새롭게 어떤 것을 시작하면 처음에는 기대와 설렘이 충만합니다. 전혀 경험하지 않았기 때문에 예측할 수 없어 두려움이 있지만, 그것은 미경험에 대한 일종의 흥분과도 같습니다. 하지만 시간이 지나면서 기대와 다르다는 것을 알고 예상치 못한 어려움을 만나며 힘든 시간을 보내게 됩니다. 그리고 점점 익숙해지면 예측되고 반복되면서 더 이상 감동과 흥분을 느끼지 못합니다. 새로운 것이 일상이 되어버리는 것입니다. 그러나 오래 하다 보면 그 대상에 애정을 갖게 되고 사랑할 줄 아는 지혜를 갖게 됩니다.

직장생활도 비슷한 사이클을 보입니다. 신입사원 때는 기대와 희망으로 시작하지만 그리 오래 가지 못합니다. 몇 년 지나면 반복되는 일상에 회의를 느끼게 됩니다. 때려치우고 싶다는 말을 입버릇처럼 하지만, 오래 다니다 보면 그래도 현실의 삶에 감사하게 됩니다. 실제로 한 기관에서 직장인들을 대상으로 행복도를 조사했는데 부장급이 제일 높았다고 합니다.

너무 치열하게 부딪히며 대면할 때는 그것이 주는 행복과 기회가 무엇인지 모릅니다. 한 걸음 물러나 그것을 객관적으로 바라볼 수 있을 때 비로소 그 안에 담긴 의미와 가치를 발견할 수 있습니다.

현재 하는 일에서 행복을 찾고 싶다면 기다릴 줄 알아야 합니다. 나이 오십이 되고 육십이 되어서 삶의 행복감이 커지는 것처럼, 행복과 만족은 그냥 찾아오지 않는 것 같습니다. 기다릴 줄 알아야 합니다.

이제 우리도
누군가의 희망입니다

한 기업의 교육담당자에게 강의 요청 연락이 왔습니다. 나에게 연락한 그는 회사에 입사해서 처음 받은 교육에서 교육생과 강사로 만났습니다. 그는 기업에서의 첫 교육을 나를 통해 경험했습니다. 회사에 입사하자마자 신입사원 입문 교육도 없이 곧바로 교육부서로 배치되어 교육생 겸 교육담당자로 내 강의를 들었습니다. 몇 년의 시간이 흐르고 어엿한 교육담당자가 되어 본인이 운영하는 교육 프로그램의 강사로 나를 초빙한 것입니다.

약속한 날, 이동하는 내내 마치 내가 직접 육성한 신입사원을 사업장에 보내고 다시 만나는 느낌으로 설렜습니다. 그는 나를 만나자마자 기다렸다는 듯이 과거 첫 수업의 느낌을 이야기했습니다.

"박사님이 열정적으로 강의하며 사람들을 참여시키는 모습에 강렬한 인상을 받았어요. 그리고 기업교육은 이런 식으로 하는 거구나 감을 잡게 되었죠. 아직도 그때 기억이 생생하게 남아 있습니다. 다시 뵙게 되어 정말 기쁩니다. 저도 교육담당자로서 전문성을 열심히 개발했어요. 미래를 대비하기 위해 이번에 박사학위도 받았습니다."

신입사원으로 입사해 대리가 되어 부서에서 입지도 높아졌다는 자랑 섞인 얘기에 부모가 성장한 자식을 보는 것처럼 흐뭇한 마음이 들었습니다. 한편으로는 내가 누군가에게 좋은 영향력을 주었음에 어깨가 으쓱해지는 느낌이었습니다.

이 일이 있고 얼마 지나지 않아 오래 전 한 기업에 있을 때 알게 된 사람을 만났습니다. 내 강의를 들었던 사람인데 소셜네트워크로 안부만 묻다가 갑자기 만남이 성사됐습니다. 만나보니 직장을 나와 여러 명의 직원을 둔 회사의 대표가 되어 있었습니다. 요즈음처럼 어려운 시기에 창업하는 것이 쉽지 않을 텐데 대단하다고 하자 뜻밖의 이야기를 했습니다.

"제가 예전에 대표님의 강의를 듣고 많은 영감과 자극을 받았습니다. 특히 목표가 구체적이어야 한다고 하셨잖아요. 그리고 실행력에 대해 많이 얘기하셨죠. 제가 비즈니스를 하면서 항상 중요하게 생각하는 것입니다. 지금 소상공인들에게 컨설팅하면서도 많이 느낍니다. 사람들이 바람만 있지 구체적으로 무엇을 해야 하는지는 생각하지 못합니다."

생각지도 못한 그의 칭찬에 나는 미소를 감추지 못하고 "제가 그렇게 대단한 사람도 아닌데 그렇게 얘기해주시니 힘이 많이 납니다"라고 쑥스럽게 대답했습니다. 그는 자신의 전문 분야인 협업 마케팅에 대해 도움을 주고 싶다며 여러 가지 조언을 해주었습니다.

나도 누군가에게 영감과 희망을 주는 그런 사람이었습니다. 그런데 나이 들어가면서 주위의 부정적인 평가에 쉽게 흔들리고 힘이 빠지고 상처받아 힘들어집니다. 이삼십 대는 부정적인 평가를 듣거나 자존감에 상처를 받는 일을 당해도 술 한잔하거나 누군가에게 위로를 받으면 금방 좋아졌는데….

나이 들면 피부세포의 성장 속도가 감소되고 한 개의 세포가 둘로 분열하는 능력이 줄어들어 상처 치유 속도가 감소된다고 합니다. 마음의 상처도 그런가 봅니다. 나이 들면서 타인에 의해 마음의 스크래치가 생기면 더 오래갑니다. 자괴감이 들고 자존심이 상하면 잠도 설치게 되죠.

상처로 힘들어하지 않으려면 '태양을 피하는 방법'이라는 노래 제목처럼 상처를 피하는 방법, 즉 지혜가 필요합니다. 상처 주고 힘 빼는 사람들보다는 상처를 치유해주고 누군가에게 희망이라는 느낌을 주는 사람들을 만나야겠습니다.

즐길 줄 아는 힘
기르기

평창 동계올림픽으로 비인기 종목이었던 컬링에 많은 사람이 관심을 갖게 되었습니다. 올림픽 개최국 국민으로서의 뿌듯함도 있지만 컬링이라는 낯선 종목의 발견이라는 더 큰 수확이 있었습니다. 한국 선수들이 선전하는 모습도 인상적이었지만 생소한 게임 규칙을 이해하고 보니 새로운 재미를 느낄 수 있었습니다. 선수들이 '헐! 압! 업! 워~!' 소리를 지르며 빗자루 모양으로 생긴 브룸으로 열심히 바닥을 스위핑하는 모습은 긴장감을 높이고 집중하게 만들었습니다.

한국과 캐나다의 경기를 보면서 국민적 관심이 떨어지는 동계 스포츠 종목에서 남모를 땀과 눈물을 흘리며 노력한 한국 선수들이 대견하고 한편으로는 안타까웠습니다. 결국 여자 경기는 캐나다의 승리로 끝났습니다.

경기가 끝나고 노력한 선수들이 패한 것에 대한 아쉬움의 여운만큼 길게 남은 것은 전 국가대표였던 해설위원이 들려준 선수 시절 캐나다 전지훈련 이야기였습니다.

"대표팀 초창기에 캐나다에 전지훈련을 갔는데 연습게임을 할 상대팀이 없었어요. 그래서 간신히 일반 할머니팀을 섭외해서 경기를 했는데 완전히 패배했어요. 캐나다에서 컬링은 탁구와 당구를 치는 것처럼 취미생활이고 국민 스포츠여서 일반인들도 수준이 꽤 높습니다. 이번 평창 동계올림픽에 참여한 캐나다 남자 선수 중 한 명은 원래 직업이 소방관인데요. 최근에는 요리하는 데 관심이 많다고 합니다."

컬링을 취미처럼 즐기는 선수들이 그것을 업으로 하는 선수들을 이기다니 '바보는 천재를 이기지 못하고, 천재는 노력하는 자를 이기지 못하고, 노력하는 자는 즐기는 자를 이기지 못한다. 즐기는 자는 노력하는 천재를 이길 수 없고, 노력하는 천재는 즐기는 천재를 이길 수 없다'라는 말이 현실로 증명된 것입니다.

외국계 기업에 다니는 지인의 얘기가 생각났습니다.

"우리는 열심히 죽어라 공부해서 회사에 들어가면 일만 하는데, 외국인들은 삶을 즐길 줄 아는 것 같습니다. 그들은 학창 시절에 공부뿐만 아니라 다양한 경험과 스포츠 활동을 하면서 일과 삶의 균형을 유지하며 몰입하는 방법을 배우는 것 같아요. 긴 안목을 갖고 즐기면서 일하는 사람들을 이기기는 쉽지 않죠!"

살아보니 공감되는 얘기입니다. 죽어라 열심히 일해서 살 만해지니 암에 걸리는 이야기는 드라마에서도 종종 등장하는 소재입니다. 정말 죽어라 일만 하면 오래 가지 않아 지쳐 진짜 죽게 됩니다. 즉 질려서 포기하기 십상입니다. 아무리 능력을 타고난 사람이라도 즐기지 못하면 지속하는 동력을 잃게 됩니다. 젊었을 때는 조금 더 참고 버티면서 휴식과 일을 양극단에 놓고 치열하게 살았다면, 오십부터는 즐길 수 있는 대상을 찾아 그것을 사랑하고 즐겨야 합니다. 그러기 위해서는 집을 떠났다 돌아오면 집이 포근하고 소중하게 여겨지듯, 현재의 일과 고달픔을 기쁨으로 여길 수 있도록 휴식을 선물해야 합니다.

그리고 자신에 대한 질문을 바꾸어야 합니다. '나는 오늘 최선과 열심을 다했는가'에서 '오늘 하루를 즐겼는가?'

내가 갖고 있는 괜찮은 것들

강의를 준비하면서 자료를 뒤지다 우연히 처음 강의를 시작했던 10년 전 강의 자료를 발견했습니다. 마치 오래된 사진첩을 꺼내 보며 과거의 아름다운 추억을 회상하듯 천천히 자료를 훑어 내려갔습니다. 직장을 나와 직업적으로 강의를 시작하면서 한 번도 만만하고 쉬운 적이 없었습니다. 익숙하지 않은 주제로 내용을 구성하여 처음 청중에게 선보이는 자리는 매번 도전이고 스트레스였습니다. 그런 과거의 기억을 더듬으며 지금까지 버티고 성장해온 나 자신이 대견하다는 생각이 들었습니다. 마우스 커서를 내려가며 보던 장표 중에 나도 모르게 "야~!" 하는 감탄사가 저절로 나오게 만든 것들도 있었습니다. 오래전 만들었던 자료였지만 지금 봐도 전혀 손색이 없고, '그때 내가 어떻게 이런 생각을 했을까' 하는 괜찮은 내용들이었습니다.

강의와 콘텐츠는 살아 움직이는 생물체와 같습니다. 교육담당자와 학습자의 요구와 수준, 강의 현장의 상황과 분위기에 따라 똑같은 내용이라도 항상 다르게 표현하고 반응할 수 있어야 합니다. 시대의 변화와 흐름도 반영해야 합니다. 내용과 전달 방법을 끊임없이 새롭게 하고 고민해야 하는 이유입니다. 아무리 좋은 내용도 적합도가 떨어지면 꺼져가는 불씨를 살리듯 목에 핏대를 세워가며 떠들어 봐야 냉담한 반응만 되돌아올 뿐입니다.

강의와 콘텐츠가 살아 움직이는 또 다른 이유는 강의 주체인 나 때문이기도 합니다. 과거에는 정답처럼 확신을 가졌던 내용들이 세월이 지나 경험과 지식이 쌓이며 관점이 달라지기도 합니다. 심지어는 자신감을 갖고 전달했던 내용과 운영방식이 몸이 오그라들 정도로 유치하다고 생각하게 됩니다. 이것이 이 업을 영위하는 사람들의 숙명이고 카르마(운명, 업)라고 생각됩니다.

그런데 강박적인 폐기와 새로움에 대한 추구도 문제입니다. 사십 대에는 기존의 것을 부정하고 변화하지 않으면 생존할 수 없다는 시대적 환경과 가치를 맹목적으로 추종하면서 치열하게 보냈습니다. 하지만 그것이 때로는 학습하고 경험해서 축적해온 많은 것의 본질은 부정한 채 새로운 껍데기를 차용하려는 지나친 자기 검열로 인해 내 안에 있는 소중한 것들을 보지 못하고 버리게 하는 부작용을 만들었습니다. 기존의 것에 아이디어를 더하고 확장해 새로운 것을 만드는 감각과 시야를 잃어버렸습니다.

그런데 이건 일에만 해당하는 것은 아닙니다. 지금까지 살아오면서 형성된 나의 습관과 신념을 포함하여 삶의 다양한 영역에서 괜찮은 나를 발견하는 노력이 필요합니다. 그렇다고 과거 잘나가던 시절의 향수에 빠져 있으면 안 됩니다. 오십 대 이후에 변화의 리스크를 줄이고 자신감 있게 나아가기 위한 방법으로써 자신이 갖는 있는 괜찮은 것들이 무엇인지 찾아보는 지혜를 발휘하자는 것입니다. 분명한 것은 우리는 과거에도 최선을 다했고, 꽤 괜찮은 적이 많았다는 것입니다.

사자에서 어린아이로

불안감이 엄습합니다. 다음 달 강의 스케줄이 얼마 잡혀 있지 않습니다. 매달 지출은 정해져 있고 아이들은 커가고 들어가는 돈은 점점 많아집니다. 은행 대출 이자에, 나이 먹고 인간 구실하려면 주변 사람들도 챙겨야 합니다. 가끔은 이런 삶에서 벗어나고 싶다는 생각을 합니다. 직장에 다닐 때는 풍족하지 않았지만 매달 일정한 수입으로 예측하고 준비할 수 있어 안정적이었습니다. 이 일을 시작한 이후로 특정한 시기가 되면 매번 마주하는 현실임에도 마음 편하게 넘길 만한 근육은 만들어지지 못했습니다. 여전히 흔들리는 삶을 살고 있습니다.

'나는 언제쯤 과거와 미래에 집착하지 않고 불안에서 해방되어 마음의 평정을 유지하며 현재를 진정하게 살아갈 수 있을까? 니체가 말한 초인의 삶은 언제 가능한 것인가?'

초인은 현재 자신을 넘어서 새로운 자아를 창조하는 삶을 사는 사람입니다. 니체는 초인이 되기까지 우리의 정신세계는 세 단계를 거친다고 말했습니다.

첫 번째는 낙타의 단계로, 의무와 순종의 삶입니다. 사회적 기대와 바람, 종교적 계율을 따라 무거운 짐을 지고 사막을 건너는 낙타처럼 살아가는 것입니다. 두 번째는 사자의 단계로, 의무의 짐으로부터 벗어나 자신이 원하고 의지하는 것을 추구합니다. 사자는 자유로운 삶을 추구하기 위해 자신을 억압하는 것들에 저항하는 데 몰두함으로써 새로운 자아를 창조하지 못합니다. 세 번째는 어린아이의 단계로, 의무와 저항으로부터 자유로우며 새로운 가치를 창조하는 정신입니다. 과거에 대한 회한과 미래에 대한 두려움에 사로잡히지 않고, 지금 여기를 살아가며 순간의 기쁨을 그대로 받아들입니다.

현재 직면한 어려움이 과거에 잘못된 행동에서 비롯됐다는 생각에 사로잡혀 후회하며 시간을 낭비하지 않으며, 현재의 어려움이 미래에 미칠 영향을 걱정하며 극복하기 위해 강박하고 안간힘을 쓰는 것이 아닙니다. 이러한 현실을 흔쾌히 받아들이고 그것을 극복하기 위해 행하는 활동에서 오는 충만함과 기쁨을 느껴야 합니다. 어쩌면 글을 쓰는 이 순간, 미래에 대한 걱정과 부담, 두려움에서 벗어나 지금 내가 할 수 있는 것에 온전하게 집중하며 새로운 나를 창조하고 기쁨과 환희를 느끼고 있는지 모릅니다.

갑자기 영화 〈월터의 상상은 현실이 된다〉의 한 장면이 떠올랐습니다. 월터는 상상만 하고 행동하지 못하는, 일상의 노예가 된 무기력한 월급쟁이의 전형입니다. 월터는 지면에서 온라인으로 바뀌면서 폐간을 앞둔 〈라이프〉 잡지의 포터에디터로 일하고 있습니다. 16년 동안 특별한 변화 없이 안정적으로 직장생활을 해오던 월터는 구조조정의 위기에 직면해 있습니다. 그런 상황에서 월터에게 〈라이프〉의 마지막 호 표지 사진을 잘 마무리하는 것은 중요한 미션이 되었습니다.

전설적인 사진작가 숀이 보내온 사진을 실어야 하는데, 한 장의 사진이 누락되었습니다. 그 사진은 숀이 '삶의 정수'라고 강조한 사진입니다. 해고당하고 싶지 않았던 월터는 누락된 사진을 다시 얻기 위해 숀을 찾아 무작정 떠납니다. 그리란드, 아이슬란드, 아프카니스탄까지 뜻하지 않은 모험을 하며 새로운 경험을 합니다. 결국 월터는 히말라야 중턱에서 히말라야 표범을 찍기 위해 숨죽이며 기다리고 있는 숀을 만나게 됩니다. 오랫동안 표범을 찍기 위해 기다리던 숀은 결국 카메라 셔터를 누르지 않습니다. 그리고 월터와 숀의 대화가 시작됩니다.

"언제 찍으실 거죠?"

"가끔 안 찍을 때도 있지! 정말 멋진 순간에 나를 위해서, 이 순간을 놓치고 싶지 않아. 그냥 이 순간에 머물 뿐이야."

"머문다고요?"

"그래, 바로 이 순간!"

전부All 또는 전무Nothing가 아닌

일을 마치고 저녁 늦게 귀가해서 아내에게 고생한 티를 내려고 "오늘 너무 오래 서서 강의했더니 피곤하네. 오늘은 운동하지 말아야겠어!"라고 지나가듯 말했습니다.

아내는 "그래도 가서 간단하게 몸이라도 풀고 와!"라며 공부하기 싫다고 징징대는 아이를 타이르듯 말했습니다. 아내에게 듣고 싶었던 말은 '온종일 고생했는데 그냥 쉬어. 오랫동안 서 있었으니 힘들만도 하지!'였습니다. 나는 서운함을 드러낼 틈도 없이 무심결에 "그래, 그럼 몸만 풀고 올까!"라고 대답하고 말았습니다.

아내의 말에 피곤함도 잊은 채 마법에 이끌리듯 아파트 단지 내 체육관으로 향했습니다. 간단히 몸만 풀자고 갔지만, 결국 1시간이나 운동을 하고 왔습니다.

이삼십 대에는 많이 듣기도 하고, 했던 말이 있습니다. "할 거면 제대로 하고, 안 할 거면 아예 하지 마." 혈기가 왕성한 시기에 호기로운 마음으로 던지는 말입니다. 정확히 맞는 표현인지는 모르겠지만 나는 영어로 'All or Nothing(전부 아니면 전무)'라고 표현하고 싶습니다. 이 말은 열심을 이끌어내기도 하지만 한편으로는 의욕을 꺾고 포기와 중단을 합리화하는 말입니다. 침대에 누워서 공부하는 아이에게 "야, 그렇게 해서 공부가 되겠어? 하려면 제대로 책상에 앉아서 하든가. 자려면 그냥 자든가 둘 중에 하나를 해!"라고 말하면 십중팔구는 아이의 기분만 상하게 만듭니다. 그런 얘기를 듣고 신나서 책상으로 가는 것은 기적 같은 일입니다.

그동안 경험으로는 이런 말과 생각은 시작도 해보기 전에 부담을 가중해 포기하게 만들거나, 미미한 실행이나 작은 실천을 폄하하여 결국 중단하게 만드는 부작용이 있습니다.

스티븐 기즈는 《습관의 재발견》에서 이렇게 말합니다. "작게, 사소하게, 가볍게 시작하라! 내 인생의 기적은 매일 밤 팔굽혀펴기 한 번에서 시작되었다."

제대로 장비를 갖추어야 운동을 시작하고, 완벽한 조건과 상황, 시간과 환경에서 제대로 해야겠다는 생각으로는 오십 이후에 기대하는 변화를 만들 수 없습니다. 부담 없이 주어진 조건에서 감사하며, 작은 것들을 가벼운 마음으로 실천하는 지혜가 필요합니다.

단순함과 반복을
경시하지 않기

강의 중간 휴식 시간에 한 분이 이런 말을 건넸습니다.

"박사님은 참 좋으시겠어요?"

갑작스러운 얘기에 나는 "뭐가요?"라고 되물었습니다.

"박사님은 좋아하는 일을 하시니 매일 행복할 것 같아요."

다른 얘기 없이 '어떤 사람이 아이스크림을 좋아하는 데 매일 먹으면 어떨까요?'라고 되물어보고 싶었지만 무안해할 것 같아 "네, 좀 그런 편이죠!"라고 가볍게 얘기하고 넘어갔습니다.

그래도 내가 먹고살려고 발버둥 치는 것처럼 보이지 않고 좋아하는 일을 하며 행복해 보이는 것 같아 다행이다 싶었습니다. 항상 기분 좋고 행복하면 제정신이 아닐 것입니다. 때로는 지금 이 일을 계속해야 되나, 언제까지 해야 되나 회의가 들기도 하고, 어떤 날은 무기력하고 두렵기도 하고 압박감이 심해서 대중 앞에 서는 것이 망설여질 때도 있습니다.

한 기관에서 직장인 662명을 대상으로 직장인 권태기에 대해 설문조사를 했습니다. 조사 대상 중 97.3퍼센트가 '직장 권태기를 경험한 적이 있다'라고 응답했습니다. 권태의 대표적인 증상과 증후는 '이직 고려, 출근 스트레스, 업무 의욕 저하'였습니다. 권태의 이유 중 1~2위는 '업무의 지겨움'과 '업무 의욕 감소'라고 합니다.

꼭 설문조사 결과를 인용하지 않더라도 권태는 대부분 직장인의 상수입니다. 권태를 겪지 않는 것이 오히려 이상합니다. 아무리 좋아하고 설레는 일을 한다고 해도 시간이 지나면 지겹기도 하고 의욕도 들쑥날쑥합니다. 다만 어떻게 그것을 대면하고 극복하느냐의 문제입니다.

나 역시도 직장 시절뿐만 아니라 지금 일을 하면서도 여러 번 위기를 경험했습니다. 일이 많으면 많은 대로, 없으면 없는 대로 권태는 찾아옵니다. 그런 상황에서 포기하지 않고 끝까지 해냈기에 현재의 내가 있는 것입니다. 권태의 위기를 극복하려면 인생이 늘 아름답고 거창한 것들로 채워지지는 않는다는 것을 받아들여야 합니다.

2014년 청색 LED 실용화의 공로로 노벨 물리학상을 수상한 나카무라 슈지도 평범한 직장인이었습니다. 시골에서 태어나 지방대학을 나온 그는 세계 최고의 석학도, 글로벌 기업도 아닌 평범한 기업의 연구원으로 취직했습니다. 다만 남들이 관심을 갖지 않는 연구에 27년간 연구에 매달렸는데, 권태와 실패와 싸우며 결국 청색 LED를 실용화시켰습니다. 나카무라 슈지는 성공의 원인을 다음과 같이 말했습니다.

"지금까지 내가 걸어온 길을 되짚어보니 아주 단순한 일들이 쌓이고 쌓여 마침내 성공으로 이어졌다는 사실을 깨달았다. 오직 생각하는 힘, 그리고 무엇보다 끝까지 해내는 힘만이 성공의 열쇠였다."

우리의 삶도 다르지 않습니다. 매일 해야만 하는 단순한 일들과 직면하며 하루를 살아갑니다. 때로는 그것이 우리를 무기력과 권태에 빠지게 하지만, 그 작은 것들이 쌓여 생각지도 못한 결과와 기적을 만들기도 합니다. 우리는 단순함을 경시해서는 안 됩니다.

특히 오십이 되면 그날이 그날 같고, 만나는 사람도, 때가 되면 돌아오는 기념일과 명절, 한 해가 가고 또 한 해가 오는 것 모두 그저 그렇게 느껴지기 십상입니다. 하지만 젊은 시절 권태와 단순함을 극복하면서 만들어진 근육으로 생각지도 못한 삶을 살 수도 있지 않을까 기대해보는 것도 좋을 것 같습니다.

오늘도 특별할 것 없는 일상의 단순한 이야기를 글로 옮기며 이렇게 다짐해봅니다. '끝까지 한번 써보자!'

새로운 방식의 여행이 주는 기회

아내와 단둘이 여행을 떠났습니다. 평상시는 여행 전에 방문할 장소와 맛집 등을 먼저 검색하고 자동차 렌트를 합니다. 하지만 이번에는 아내와 함께 어떤 여행을 할지 먼저 콘셉트를 정했습니다. 아내와 함께 정한 여행의 키워드는 휴식과 힐링, 대화였습니다. 나는 아내에게 여기저기 관광지 다니며 인증샷 찍기보다는 발길이 닿는 대로 걸어보자고 했습니다. 아내도 바쁘게 돌아다니며 여기저기 발도장이나 찍는 여행은 싫다고 말했습니다. 우리는 '빨리빨리' 서두르는 것에서 '느리게'로, '많은' 활동을 해서 시간을 꽉 채우기보다는 '적게' 해서 여유를 갖는 것으로, '계획적'인 것보다는 '즉흥적'으로 움직이는 데 합의했습니다.

첫날 트래킹 코스와 교통편, 그리고 숙소만 정하고 특별한 계획을 잡지 않았습니다. 현지에서의 교통편은 자동차 렌트가 아니라 버스를 이용하기로 했습니다. 1일 차 새벽에 출발해서 오전에 숲길을 트래킹했습니다. 지루할 정도로 평탄하고 숲이 우거져 있는 긴 길을 천천히 걸으니 마음이 편안해졌습니다. 오랜만에 방해받지 않고 아내와 나누는 긴 대화는 매일 부대끼며 살고 있는 사이지만 서로를 새롭게 발견하는 시간이었습니다. 트래킹을 마치고 첫날 숙박 장소로 40여 분 버스를 기다려 타고 1시간 10여 분을 이동했습니다. 예전 같으면 시간을 아끼기 위해 사전에 버스 배차 시간을 확인해서 기다림 없이 이동하거나, 렌트한 자동차를 타고 편하고 빠르게 움직였을 것입니다.

자동차로 30분이면 가는 거리를 2시간이 걸려 버스를 기다리고 이동하는 데 정말 많은 인내가 필요했습니다. 우리는 걸어서 도착한 버스 정류장에서 배차 간격을 확인했고, 버스를 얼마나 기다려야 하는지 대충 알고 있었습니다. 하지만 결국 참지 못하고 미어캣 두 마리가 망보듯 버스 오는 방향으로 연신 고개를 기웃거렸습니다. 역시 기다림과 무료함을 죄악처럼 생각하고 효율의 가치를 최우선으로 하는 습관과 강박의 프레임 안에 머물러 있었습니다. 아내는 여행 방식에 대해 상의했음에도 과거와 다른 방식으로 여행하는 것에 불편한 기색이 역력했습니다. 그렇게 첫날 일정을 마무리하고 숙소로 돌아가 주변을 가볍게 산책하고 밥을 먹고 휴식 시간을 가졌습니다.

둘째 날 아침은 최대한 여유와 게으름을 피우다가 체크아웃 시간이 임박할 때가 돼서야 일어나 천천히 식사하고 두 번째로 숙박할 호텔로 이동했습니다. 버스를 타거나 택시도 타지 않고 도보로 4킬로미터 정도 이동해서 체크인을 하고 가볍게 휴식 시간을 가졌습니다. 호텔 주변 바닷가 풍광을 만끽하며 천천히 걷다 의자에 앉아 말없이 바다와 하늘을 바라보는 것만으로 충분히 힐링되는 느낌이었습니다. 3일째 아침도 체크아웃 시간까지 휴식을 취하다 버스를 타고 천천히 공항 근처의 전통시장으로 이동해서 시간을 보내다 집으로 돌아왔습니다.

지난 20년 동안 무엇이든 빨리, 열심히 하는 것이 제대로 사는 것이라고 생각했습니다. 여행을 가도 빡빡한 일정으로 이른 아침부터 아내와 아이들을 깨워 더 많은 명소와 맛집을 다니고 사진을 찍었습니다. 그래서 때로는 아내와 아이들의 원성을 샀고 갈등을 빚기도 했습니다. 이제야 아내가 나와 함께 쇼핑은 물론, 어딘가 가는 것을 싫어하는 이유를 알게 되었습니다. 그러니 여행을 같이 와준 것은 선심을 크게 쓴 것이죠.

이번 여행은 아내와 나, 모두 만족스러운 여행이었습니다. 그동안 지향했던 여행의 반대편의 가치들을 경험하며, 남은 인생 여행을 어떤 콘셉트로 이끌어가야 할지 생각해보는 소중한 기회였습니다.

합리적인 사람이 된다는 것

대학에 입학한 아들이 운전면허를 따기 위해 학원에 다녔습니다. 정확히 말하면 내가 다니게 했습니다. 하지만 아들은 몇 번 실기 시험에 떨어진 후 포기한 듯 다시 시험을 보지 않았습니다. 나는 "학원비가 얼마인데 아깝지도 않아? 무엇을 한번 시작하면 끝까지 해내야지. 그래서 나중에 뭘 하겠어?"라고 훈장질을 하며 계속 시도하라고 채근했습니다. 결국 아들은 피의자가 경찰의 강압 수사에 범죄를 자백하듯 다시 시험을 보겠다고 약속했습니다. 하지만 아들은 결국 약속한 날짜에 자동차 실기시험을 또 보러 가지 않았습니다. 그날 아들 방으로 들어가 면허시험을 보지 않은 이유를 따져 물었습니다. 나의 얘기에 인상만 쓰고 아무런 얘기도 하지 않는 아들을 보고 있자니 갑자기 화가 더 치밀어올라 큰 소리를 내고 말았습니다.

"야, 운전면허 시험을 안 본 이유를 이야기해봐. 난 네가 도대체 이해가 안 돼. 너도 생각해보라고. 돈까지 다 내고 시험을 안 보는 게 말이 되냐고? 그리고 사람이 약속을 했으면 지켜야지, 그런 식으로 뭘 하겠어? 어떻게 할 거야?"

기관총을 난사하듯 쏟아내는 나의 얘기에 아들은 항복하듯 다시 시험을 보겠다는 약속을 했습니다.

나는 아들의 행동이 도무지 이해되지 않았지만, 한편으로는 다 큰 아들을 너무 심하게 대하는 것 같아 미안한 감정도 들었습니다. 이런 복잡한 나의 생각을 확인받기 위해 아내에게 넌지시 아들하고 나누었던 대화를 이야기했습니다. 아내는 아들이 운전면허에 관심도 없고, 따기도 싫은 데다 운전하는 것이 너무 무서운데 아빠가 하라고 해서 어쩔 수 없이 하고 있다고 말했다고 합니다. 그리고 그냥 내버려 두는 것도 방법이라고 말했습니다.

아내의 얘기를 듣고 서재에 들어와 곰곰이 생각해봤습니다. 내가 아들을 이해하지 못하는 것처럼 아들도 나를 이해하지 못할 수도 있다는 생각이 들었습니다. 특히 아들이 운전 자체를 무서워

한다는 얘기에 그것을 알지 못하고 이해하려고 하지 않았던 것에 미안한 감정이 들었습니다.

나는 차분하게 내가 아들 나이였을 때 부모님이 나에게 어떻게 하셨는지 떠올려봤습니다. 생각해보니 부모님은 나에게 이것저것 하라고 강요한 적이 없었습니다. 장사를 하면서 자식들에게 세세하게 신경 쓸 여유가 없기도 했지만, 중요한 결정을 의논드리면 스스로 알아서 하라고 하시면서도 필요한 도움은 충분히 주셨습니다. 나는 운전면허증을 서른이 다 된 나이에 결혼하고 아이가 생기고 나서야 땄습니다. 한 번도 부모님은 운전면허증을 따야 된다는 얘기도, 강요도 하지 않으셨죠.

하지만 나는 필요성도 못 느끼고 의지도 없는 아들에게 운전면허는 이십 대 초반에 따야 한다며 합리적으로 생각해보라고 강요하고 있었습니다. 합리성이라는 말은 영어로 rationality인데 이 단어 어원은 ratio에서 유래합니다. ratio는 비율 혹은 비례의 뜻을 갖고 있습니다. 결국 합리성은 비율 또는 비례를 잘 계산하는 능력을 의미합니다. 물론 여기에는 수학적인 의미가 있지만, 관계적 측면에서 합리적이라는 것은 나의 생각과 의견에 비례하여 상대방의 생각과 의견을 반영하고 이해할 줄 아는 것이라는 의미입니다.

나이가 들면 주관적인 경험과 학습으로 합리성을 포장하여 상대를 설득하거나 밀어붙이기 십상입니다. 오십부터는 상대의 눈높이와 입장을 반영하고 헤아릴 줄 아는 진짜 합리적인 사람이 되어야 합니다. 그래야 생각과 관계의 폭을 넓힐 수 있습니다. 이제 아들에게 운전면허 시험을 보라는 얘기를 그만해야겠습니다. 아들이 미루던 시험에 합격하여 갖는 기쁨보다 미루면서 나에게 듣는 잔소리와 책망으로 인한 정신적 고통과 자존감의 상처가 더 크다면 합리적이지 못한 것이기 때문입니다. 더 중요한 것은 아들의 자존감입니다.

내가 만들어낸 이야기들

추석 연휴를 며칠 앞두고 몸에 적신호가 켜졌습니다. 아침에 일어났는데 말을 하기조차 힘들 정도로 목이 아팠습니다. 노래의 가사 말처럼 슬픈 예감은 틀린 적이 없었습니다. 병원에 가니 성대에 궤양과 심한 염증이 생겼으니 당분간 관리를 잘해야 한다며 약을 처방해주었습니다. 말하는 것이 직업인 사람이 목 관리를 제대로 못 했다는 생각에 자책감이 들었습니다. 하지만 마음 한편에 더 크게 밀고 올라오는 것은 다가오는 추석 연휴에 술을 마시지 못하게 됐다는 좌절감이었습니다. '오랜만에 갖는 술자리인데 엄살 부린다'며 핀잔을 줄 친구들의 얼굴이 떠올랐습니다. 그리고 나이 들어 더 애틋해진 동생들과의 술자리도 갖지 못한다는 생각에 명절에 대한 기대는 급격히 떨어졌습니다.

그래도 밥벌이가 중요하기에 명절마다 정기적으로 갖는 고향 친구들과의 모임은 불참하기로 결정하고 미리 연락했습니다. 술자리에 가서 술을 외면하는 것보다 아예 그 자리에 가지 않는 것이 정신건강에 더 좋다는 게 내 신념입니다. 그런데 친구들은 나의 우려와는 다르게 어느 한 명도 술자리에 불참하는 나에게 연락해서 서운하다고 말하지 않았습니다. 이제 나이 오십이 되니까 서로 이해하고 배려한다는 생각이 들다가도 나의 부재에 아무도 관심이 없는 것에 대해 서운한 감정이 밀려왔습니다.

그런데 복병이 나타났습니다. 평소에 내가 술 한잔하자고 하면 이런저런 핑계를 대며 소극적이었던 막냇동생에게 연락이 왔습니다. 자기가 술안주를 준비해오겠다며 오랜만에 술 한잔하자고 하는 것입니다. 동생의 기대를 저버리는 것 같아 술을 마시지 못한다는 말은 못 하고 일단 알았다고 했습니다. 회를 잔뜩 떠온 동생은 신이 나서 술상을 차렸습니다. 나는 그 모습을 지켜보며 동생의 기분을 맞춰줄 것인가, 아니면 밥벌이를 위해 목을 지킬 것인가 고민하다 후자를 선택했습니다. 동생에게 성대에 문제가 생겨 술을 마시지 못한다는 얘기를 했습니다. 동생은 왜 미리 얘기 하지 않았느냐며 실망한 표정을 짓더니 이내 소맥 폭탄주를 만들어 몇 잔을 들이켰습니다. 동생이 그렇게 신이 나서 술을 마시는 것은 처음 보는 광경이라 더 미안했습니다.

이제 마지막 넘어야 할 산은 처가에서 동서들과의 술자리입니다. 일단 동서들이 강하게 권하면 못 이기는 척하고 마시겠다는 배수진까지 치고 처가로 향했습니다. 손위 다섯 명이나 되는 동서들과의 술자리는 명절 연휴를 마무리짓는 루틴이며, 하나의 '소확행'입니다. 처형들과 조카들까지 거실을 꽉 채우고 앉아 왁자지껄 떠들다 보면 사람 사는 냄새가 나는 것 같아 행복해집니다.

동서들에게 나의 목 상태를 얘기하고 오늘은 술을 마시지 못하니 이해해달라고 조심스럽게 말을 꺼냈습니다. 예상대로 동서들의 강한 공격이 들어왔습니다. 한 동서는 "아픈 것은 핑계고 술을 마시지 않겠다는 거잖아. 사람이 솔직해야지!" 하며 추궁했습니다. 결국 추석 연휴 알콜 방어전은 성공리에 마쳤습니다.

사실 1년간 전략적으로 금주할 때를 제외하고는 이번처럼 술을 멀리한 것은 처음이었습니다. 물론 술을 마실 수 없는 목 상태였지만, 어쨌든 집에 돌아오면서 처음 정한 대로 알콜 없이 명절을 보낸 나 자신이 뿌듯했습니다. 그리고 과거 20년 동안 나의 삶에 가장 큰 영향을 미친 것은 그 누구도 아닌 나 자신이 만들어낸 이야기라는 것을 깨달았습니다. 그 이야기의 대부분은 타인의 기대와 시선을 의식하며 만들어진 것들입니다. 오십 이후의 삶은 스스로 만들어낸 이야기들을 하나씩 점검하고 새롭게 쓸 수 있는 작은 용기들이 필요합니다.

성심에서
벗어나기

아들이 대학에 입학하더니 물 만난 물고기처럼 대학생 놀이에 푹 빠졌습니다. 아들의 주 활동 무대는 책상 아니면 침대입니다. 학교 가는 시간을 빼고는 새벽까지 게임과 미드로 시간을 보냅니다. 고등학교 시절 자의든 타의든 억눌렸던 생활에서 벗어나 해방감을 느끼고 보상받는 시간이 필요하다고 생각해 그냥 지켜보기로 했습니다.

이런 나름의 깊은 배려는 몇 개월 가지 않아서 점점 조바심으로 변해갔습니다. 마음속에 참을 인을 수없이 쓰며 아무 말 하지 않고 지켜봤던 인내력은 아들의 첫 학기 성적이 나오고 나서 임계치를 넘었습니다. 그때부터 시작된 나의 잔소리는 아들의 귀에 딱지가 앉을 만큼 반복되었습니다.

"앞으로 어떤 계획을 갖고 있니? 이제 정신 차려야 해. 요즈음 취업문이 좁아서 미리 준비하지 않으면 어림도 없다."

하지만 이런 잔소리를 아무리 반복해봐야 어떤 대답도 돌아오지 않았습니다. 얼마 전 책상에 앉아 게임에 열중하는 아들에게 방학을 어떻게 보낼 건지 물었습니다.

"공부뿐만 아니라 이런저런 경험을 많이 해야 해. 아르바이트도 알아보든가, 아니면 어학 학원을 다니든가. 뭘 자꾸 시도해봐야 네가 무엇을 좋아하는지 발견할 수 있고, 삶을 살아가는 데 더 단단해질 수 있지. 그렇게 방구석에만 있으면 뭔 일이 되니?"

나는 마치 래퍼가 자신의 한을 풀듯이 잔소리를 속사포처럼 쏟아냈습니다. 아무 말 없이 듣고 있던 아들은 그동안 억눌렸던 감정을 토해내듯 반항적으로 한마디 했습니다.

"꼭 뭘 해야 해요? 반드시 뭘 꼭 해야 하는 거예요?"

평소 아들답지 않은 반응에 당황했습니다. '꼭 뭘 해야 해요?'라는 말이 총알처럼 내 머리를 관통하며 생각이 멈추고 말문이 막혔습니다. 잠시 후 정신을 가다듬고 "그럼 안 하면 어떻게 할래? 취업문이 얼마나 좁은데 너처럼 해서 되겠어?" 큰소리를 지른 후 나

뿐 짓을 하다 들킨 사람처럼 급하게 아들의 방에서 도망치듯 나왔습니다. 그 뒤로도 한참 동안 '꼭 뭘 해야 해요?'라는 아들의 말이 귓가에서 맴돌며 사라지지 않았습니다.

어느 정도 시간이 흐르고 내 가슴 깊은 곳에서는 아들이 던진 질문에 대답하기 시작했습니다.

'그렇지! 뭘 꼭 해야 하는 건 아니지. 너는 왜 항상 뭘 해야 한다고 생각하지? 항상 목표와 계획을 갖고 열정적으로 살지 않으면 뭔가 죄라도 진 것처럼 느끼잖아. 심지어 여행을 가거나 휴식할 때조차도 목표를 정하고 있잖아. 이건 일종의 강박이고 병일지도 몰라. 그렇다고 네가 엄청나게 무엇을 이룬 것도 아니고 행복한 것도 아니잖아. 아들은 아들의 삶과 시간이 있는데, 왜 지켜보고 기다리지 못하고 항상 채근하고 있는 거지?'

이런 내면의 이야기들이 꼬리에 꼬리를 무는 순간, 얼마 전 책에서 읽은 장자의 이야기가 떠올랐습니다. 장자는 세상을 비추는 개별자의 마음을 성심誠心이라고 말했습니다. 성심은 학습하고 경험하고 살면서 형성된, 개인이 만들어낸 일종의 잣대입니다. 지나치게 나의 성심에 사로잡혀 옳다고 생각하는 것을 자신과 타인에게 강요하며 삶의 유연성을 잃고 살고 있다는 생각이 들었습니다.

장자의 '인간세'에 호랑이를 사육하는 사람의 이야기가 등장합니다. '사육사는 살아 있는 것을 호랑이에게 주지 않는다. 호랑이가 그것을 죽일 때 포악해지기 때문이다. 또한 함부로 호랑이에게 통째로 먹이를 주지 않는다. 호랑이가 그것을 찢을 때 포악해지기 때문이다. 호랑이가 배가 고픈지, 배가 부른지 때를 맞추어 그 성난 마음을 잘 통제해야 한다.'

상대방의 본성과 성심을 존중하여 상존해야 된다는 의미입니다. 어떠한 이유라도 상대방을 자극하거나 화를 불러온다면 원하는 것을 얻지 못하게 됩니다. 우리는 때론 자신의 신념과 성심을 지나치게 강조하며 그 진정성과 무관하게 무엇보다 소중한 관계를 잃고 있는지도 모릅니다. 그 대상에게 적합한 방법을 찾는 것이 삶의 지혜입니다.

아들이 무엇을 하든 오래 하지 못하고 중단하는 이유도 나에게 있는 것 같습니다. 본인은 욕구와 동기가 없는데 억지로 시키고 강요하니 싫어하게 되고 금방 중단하게 되는 거죠.

기다림과 타인의 성심을 헤아릴 줄 아는 것이야말로 제대로 철들어가는 오십 대의 모습이 아닐까 생각합니다.

일시적인 죽음이란

사십 대 초반에 독일에 살고 있는 아내의 친구 가족과 함께 20여 일간 했던 유럽 여행은 평생 가슴에 품고 사는 소중한 추억입니다. 모두 아홉 명이나 되는 대가족이 탈 수 있는 큰 차량을 렌트해서 독일, 스위스, 이탈리아, 프랑스까지 총 4개국을 방문했고 운전거리는 6천 킬로미터에 가까운 대장정이었습니다. 아내 친구의 남편은 수동기어 자동차 운전에 익숙하지 않은 나를 대신해 독박운전을 했습니다. 그 먼 거리를 불평 한번 하지 않고 때로는 졸음과 싸우며 안전운전을 하는 수고스러움을 마다하지 않았던 그는 이제 나와 말을 트는 친구 사이가 되었습니다. 아직도 그 친구에게 마음의 빚이 남아 있습니다.

다시 그때로 돌아간다면, 그렇게 긴 여행을 과감하게 떠날 수 있을지 의문입니다. 1개월에 가까운 긴 여행을 떠나 치열한 현실에서 멀어지는 것은 많은 것을 감내해야 합니다. 어떤 이들은 현재 하는 일을 내려놓고 장기간의 여행을 떠나는 사람은 용기가 있는 사람이 아니라 돌아올 자리가 있는 사람이라고 얘기합니다. 나는 경제적인 문제와 미래에 대한 불안감, 그리고 조급함을 내려놓는 용기 둘 다 필요했습니다.

장기간의 여행에 대한 생각은 우연히 본 한 편의 애니메이션이 트리거가 되었습니다. 어린 소년과 소녀가 우연히 만나 친해지면서 나중에 어른이 되면 남아메리카 파라다이스 폭포로 모험을 떠나기로 약속합니다. 이 둘은 성장해서 결혼하게 되고 어린 시절 약속했던 모험을 다시 떠올리고 떠나기 위한 준비를 합니다. 부부가 모험을 준비하는 모습은 매일 거실 구석에 놓인 유리병에 동전을 넣는 장면이 메타포로 활용됩니다. 하지만 자동차가 고장 나고, 교통사고가 발생하고, 폭우로 나무가 쓰러져 집을 덮치는 등의 문제가 생길 때마다 부부는 동전이 가득 찬 유리병을 깨뜨려야 했습니다. 짧은 시간이지만 부부가 동전이 가득 찬 유리병을 반복적으로 깨뜨리는 장면은 많은 생각과 감정을 떠오르게 했습니다. 그동안 현실적인 이유로 꿈을 미루며 살아가고 있는 나 자신의 모습과 특별한 일이 없으면 앞으로도 지금처럼 살아갈 나의 모습이 투영되었습니다.

결국 부부는 그렇게 현실의 문제에 그들의 꿈을 잡아먹히며 노년이 되어버립니다. 어느 날 청소를 하던 남편은 책장 한편에 밀려나 자리 잡고 있는 동전을 모으던 유리병을 발견하고 젊은 시절 아내와 약속했던 파라다이스 폭포의 모험을 떠올립니다. 아내의 뒷모습을 바라보던 남편은 결심한 듯 아내와의 여행을 위해 항공권을 구매해서 집으로 돌아옵니다. 그러나 아내는 병으로 눕게 되어 세상을 먼저 떠나면서 부부는 영원히 함께 모험 여행을 떠나지 못하게 됩니다.

픽사의 애니메이션 영화 〈업〉의 두 주인공 칼과 앨리의 이야기입니다. 5분이라는 짧은 시간 동안 빠른 속도로 흘러가는 두 사람의 인생 이야기를 보면서 아내와 결혼하면서 했던 약속이 떠올랐습니다. 그 약속은 아내의 친구가 살고 있는 독일로 같이 여행을 떠나자는 것이었습니다. 나는 앨리와의 약속을 지키지 못한 칼이 되지 말아야겠다는 다짐을 했습니다. 영화를 보고 집으로 돌아온 후 아내에게 10년 전에 했던 약속을 다시 끄집어내어 2년 뒤 여름에 여행을 같이 가자고 제안했습니다. 물론 아내는 믿지 않는 듯 시큰둥한 반응을 보였습니다.

그렇게 다시 2년이 흐른 여름, 나는 아내와의 약속을 지켰습니다. 24박 25일이라는 긴 시간 동안의 여행은 일시적인 죽음을 경험하게 했습니다. 일상에서 중요하다고 생각하며 내려놓지 못했던 일과 관계 모두 그 여행 동안은 아무런 영향을 주지 못했습니다. 그저 새로운 환경과 관계 그리고 눈앞에 펼쳐진 풍광을 온전하게 눈과 마음으로 받아들이며 가족과 오늘, 지금, 우리에 대해 소통하는 것에 집중했습니다.

오십 대에 진짜 필요한 것이 일시적인 죽음이 아닌가 생각됩니다. 남은 삶에서 진짜 소중한 것들을 지키기 위해 가끔은 삶의 치열한 현장에서 멀어지는 연습이 필요합니다.

오십,
언어의 온도

〈말모이〉라는 영화를 봤습니다. 영화 제목인 '말모이'는 1910년대 주시경 선생이 편찬하다 끝내 완성하지 못한 우리나라 최초의 국어사전을 말합니다. 이 영화는 조선어학회 대표 류정환이 일제강점기에 주시경 선생이 완성하지 못한 국어사전을 만들기 위한 신념과 노력의 과정을 그린 내용입니다. 영화 속 인물들이 보여준 집념과 노력의 서사는 감동을 주고 촌철살인 같은 대사는 영화에 대한 임팩트와 여운을 남깁니다. 〈말모이〉에서 류정환이 했던 대사가 그렇습니다. 영화가 끝나고 나서도 머릿속을 맴돌며 운동화

속에 작은 모래처럼 나를 자극하고 불편하게 만듭니다.

"말은 곧 정신입니다. 사람이 모이는 곳에 말이 모이고, 그 말이 모이는 곳에 뜻이 모이고, 뜻이 모이는 곳에 독립이 있지 않겠습니까?"

'말은 곧 정신입니다'라는 말에 이런저런 생각을 합니다. 어떤 의미일까? 나는 지금까지 어떤 말을 주로 하고 살아왔을까? 앞으로 나는 어떤 말을 하고 살아가야 하는 걸까?

20년 이상 나의 말을 지배했던 단어들은 '꿈, 도전, 성공, 목표, 노력, 최선, 계획' 같은 미래지향적인 것들입니다. 이 말들은 젊은 시절 어려움과 좌절에서 벗어나는 버팀목이었으며 세상에 나라는 존재를 각인시키고 현재의 성취를 가능하게 했던 원동력입니다. 하지만 때로는 열심히 살지만 왜 열심히 살고 있는지, 왜 그래야 하는지, 진정으로 원하는 것이 무엇인지 그 어떤 것도 명확하지 않은 채 흔들리는 나를 바라보며 현타가 오기도 했습니다.

반대로 내가 잘 사용하지 않았던 말들은 어떤 것들이 있었을까 생각해봤습니다. 어쩌면 이 시도가 오십 이후 삶의 방향을 정하는 데 더 중요할지 모릅니다. 지금까지의 삶을 부정하자는 것이 아니라 더 중요하고 본질적인 것은 우리가 생각하는 반대편에 있을 수도 있기 때문입니다.

'여유, 즐거움, 행복, 재미, 느긋함, 무위, 성장, 휴식'

이런 말들은 나와 다른 삶을 살아가는 사람들의 언어라고 생각했고, 나태함과 현실 안주 같은 조금은 부정적인 의미로 받아들여졌습니다. 그런데 정확히 언제부터인지 나의 언어는 변화하기 시작했습니다. 아이들에게 "꿈과 목표를 가져야 한다. 항상 뭐든지 경험하고 도전해라"는 말 대신 "자신이 좋아하고 하고 싶은 일을 해라. 아빠는 너희들이 행복한 삶을 살았으면 좋겠다. 재미있고 즐겁게 할 수 있는 일을 찾는 것이 최고의 행운이다"와 같은 '~하면 좋겠다'라는 말을 더 많이 하게 됩니다.

이런 말은 나 자신에게 하는 말이라는 것이 더 옳습니다. 그동안 치열하게 살면서 잘살고 있다고 생각했지만 채워지지 않는 마음과 흔들리는 나를 발견하고 스스로 위로하고 싶었던 것입니다.

지금도 여전히 과거의 언어에서 많이 벗어나지 못했지만 오십부터는 젊었을 때 언어의 온도가 아닌 다른 온도를 가진 언어를 사용하는 연습이 필요합니다. 그래야 남은 삶은 균형을 갖고 덜 흔들리며 살아가겠죠.

나만의 진단지

우리는 어떤 것에 익숙해지고 반복하면 당연하게 받아들이고 확신이 생겨 그것을 검증하려고 하지 않습니다. 일상에서 그런 것들을 깨닫는 순간들이 있습니다.

가끔 학습자들에게 자기관리의 중요성을 인식시키고 수업에 흥미를 유발하기 위해 뇌의 전두엽 상태를 진단하는 간단한 활동을 합니다. 학습자들은 숫자와 글자가 불규칙하게 섞여 있는 용지를 받아 숫자와 글자를 순서대로 교차시켜 연결해야 합니다. 최단시간 내에 실수 없이 연결하는 것이 전두엽의 건강 정도를 판단하는 기준입니다. 지금까지 수년간 잘 운영했고 진단지 자체에 대해 오류나 문제도 없었습니다.

그런데 최근 모기업에서 한 학습자가 진단지에 글자가 하나 빠져 있거나 오타일 가능성이 있다고 문제를 제기했습니다. 그 얘기를 듣고 나는 이성적으로 판단하고 생각하기보다는 공격받는 동물처럼 방어기제가 발현되었습니다.

"네? 그럴 리가 없는데요. 5년 넘게 운영하면서 한 번도 그런 문제를 제기한 분이 없었는데…."

진단지의 오류를 제기한 사람은 당황하며 변명하는 나의 모습을 보고 입가에 미소를 지었습니다. 그는 "다시 한번 보세요. 분명히 잘못된 것 같은데요"라고 말하며 오류를 지적한 자신이 자랑스러운 듯 한 번 더 강조해서 말했습니다. 어쩔 수 없이 진단지를 꼼꼼히 다시 살펴보니 들어가야 할 글자가 빠지고 잘못된 글자가 들어가 있었습니다. 나는 미안한 마음에 말까지 더듬으며 "너무 감사합니다. 지금까지 5년 넘게 운영하면서 한 번도 이 문제를 지적한 분이 없었어요. 정말 이상하네요. 제가 이것을 왜 못 봤는지 모르겠네요!"

참여자 중 몇 명이 나를 배려하는 듯 "그래도 진단하는 데는 크게 문제는 없어요"라고 말해주었습니다. 휴식 시간에 여러 가지 생각이 복합적으로 떠올랐습니다. 누구나 실수는 할 수 있다며 위로하고 넘어갈 수 있는 문제는 아니었습니다. 솔직히 그동안 진단 결과에 대해 의문점을 갖고 있었습니다. 진단 결과를 보면 정상 기준보다 낮은 사람들이 지나치게 많았습니다. 나는 정상을 판정하는 진단 기준이 너무 높거나, 아니면 사람들의 전두엽 상태가 안 좋은 것이라고 생각했지 진단지에 오류가 있을 것이라고는 한 번도 생각하지 못했습니다. 심지어는 정상 기준보다 낮은 사람들에게 병원에 가보는 것이 좋을 것 같다는 농담까지 하며 폄하했던 기억이 떠올라 쥐구멍이라고 들어가고 싶었습니다.

버스를 타고 집으로 돌아오는 길에 지금 내가 하고 있는 강의 내용들을 다시 들여다봐야겠다고 생각했습니다. 오랫동안 이 일을 하면서 많은 학습과 경험을 했고 이것이 나의 신념과 전제, 그리고 자신감을 만들어준 것은 분명합니다. 하지만 내가 알고 경험한 것은 세상의 아주 일부라는 점에서 오류의 가능성은 충분히 내재하고 있습니다. 다만 지금까지 좋은 학습자들을 만나 이해받고 무사히 넘어왔으리라 생각합니다.

젊은 시절, 경험과 학습에 의해 만들어진 자기만의 진단지를 모두 갖고 있습니다. 그것으로 세상과 사람을 평가해왔고 특별히 문제가 없을 것이라고 믿었습니다. 하지만 이제 그 진단지를 만든 나의 가정과 전제는 언제든 틀릴 수 있음을 인정하고 상대의 얘기를 받아들이고 검증하는 노력이 필요한 것 같습니다.

그냥 편하게
받아들이기

토요일 평소 알고 지내던 지인 두 사람이 공개 강의를 한다고 하여 응원 차 청중으로 참석하기로 했습니다. 두 사람의 강의가 각기 다른 장소에서 진행되어서 이동하는 교통편을 고민하다 두 번째 강의가 끝나고 뒤풀이로 술자리가 있어 버스를 타고 가기로 했습니다. 그런데 아침에 늦장을 부리다 첫 번째 강의 시간에 맞춰 도착하기에 빠듯한 상황이 되었습니다. 머피의 법칙처럼 기다리는 버스도 제시간에 오지 않았습니다. 원래 계획한 대로 되지 않으니 초조하고 짜증이 나기 시작했습니다.

정류장에서 발을 동동거리다 결국에는 자차로 이동하는 것으로 변경했습니다. 첫 번째 강의가 끝나고 집으로 돌아와서 차를 두고 다시 버스로 이동하여 두 번째 강의장으로 가는 것으로 계획을 수정했습니다.

그런데 또 계획에 차질이 생겼습니다. 첫 번째 강의하는 분이 이런저런 얘기로 오프닝을 길게 하면서 강의 시간이 지연되어 예정된 시간을 훌쩍 넘겨버렸습니다. 나는 또 초조해지기 시작했습니다. 강의에 집중도 안 되고 어떻게 해야 하나 고민하기 시작했습니다. 아무리 생각해도 차를 집에 놔두고 버스를 타고 두 번째 장소로 이동하기는 물리적으로 불가능해졌습니다.

잠시 멈추고 생각했습니다. '내가 왜 이런 일로 스트레스를 받고 있지? 그냥 편하게 차를 가지고 가서 강의 듣고 뒤풀이에서 술 한잔하고 대리운전해서 집에 가면 되잖아. 도대체 뭐가 문제지?'

결국 두 번째 강의하는 분에게 주차가 가능한지 확인하고 차를 몰고 갔습니다. 두 번째 강의가 끝나고 뒤풀이에서 오랜만에 사람들과 대화도 나누고 술 한잔했습니다. 그리고 행사가 끝나고 대리운전을 불러 집으로 귀가했습니다. 집으로 돌아오는 길에 오늘 온종일 내가 고민하고 힘들어했던 것들에 대해 생각해봤습니다. 나를 힘들고 고민하게 만들었던 것은 최초의 계획에서 벗어나는 것이었습니다. 내가 계획을 중요하게 여기고 지키는 것은 일종의 신념이고 생존방식입니다.

성인이 된 후 인내심과 의지력이 약한 나를 극복하는 방법은 목표와 계획을 세우고 그대로 실행하는 것이었습니다. 이런 신념을 지켰기에 어느 정도 성취도 했습니다. 또 하나는 술을 마시고 대리운전하는 것은 지나친 낭비라고 생각했습니다. 특별한 일이 없으면 편함을 위해 술자리에 차를 절대 가져가지 않습니다. 현재 사는 곳에 이사 온 지 8년이 넘었지만 대리운전으로 귀가한 것은 몇 번 되지 않습니다. 이런 신념은 나의 강점이며 정체성의 일부로, 어떤 행동을 할 때 판단과 행동의 기준이 됩니다. 그러나 때로는 지나치게 그 신념들을 고집하고 강제하면서 유연성이 떨어지고 나와 타인을 힘들게 합니다.

그리고 그동안 어떠한 신념을 지키기 위해서는 그것이 가능한 삶의 구조를 만들어야 한다는 것을 간과했습니다. 예를 들어 시간 약속을 잘 지키려면 부지런해야 합니다. 늦장을 부리면서 시간 약속을 잘 지키기는 어렵습니다. 또 하나는 목적 중심의 사고를 해야 합니다. 이것은 왜 그렇게 하려고 하는지를 생각하는 것입니다. '내가 왜 그렇게 하려고 하지? 그것이 달성 가능한가?' 그렇지 않다면 방법을 바꾸어 유연해질 필요가 있습니다. 마지막으로 우선순위가 필요합니다. 약속을 지키는 것이 더 중요한지, 아니면 대중교통을 이용하는 것이 더 중요한지….

소탕에서 소통으로

소탕이 아닌
소통으로

아들이 수능시험 보는 날 아침, 아내가 "당신 손목시계 남는 거 있어?"라고 물었습니다.

"손목시계는 왜?"

"어, 아들이 손목시계가 고장 나서 시험장에 차고 갈 시계가 없대."

몇 개월 전에 중국에 갔다 오면서 아들에게 손목시계를 사다 줬는데 벌써 고장 났다는 것에 조금 화가 치밀었습니다. 생각해 보니 예전에도 새로 사준 시계를 얼마 차지도 않고 고장 낸 적이 한두 번이 아니었습니다. 구들장에 군불을 때면 서서히 은근하게 열이 올라오는 것처럼 스멀스멀 올라오는 화를 억누르다가 결국 잔소리 포텐이 터지고 말았습니다.

"시계를 어떻게 차고 다니길래 금방 고장 내는 거야. 시계 관리를 도대체 어떻게 하는 거야?"

말을 하다 보니 화가 더 치밀어올라 한바탕 소리를 질렀습니다.

"다시는 시계를 사주나 봐라. 어차피 금방 고장 낼 거. 길거리에서 파는 시계도 시간이 얼마나 정확한데, 앞으로는 그런 시계를 사서 갖고 다녀."

아내가 마음이 불편했는지 나를 가로막으며 한마디 했습니다.

"시험 보러 가는 날 아침에 도대체 왜 그러는 거야. 그만 좀 해."

아내의 말은 나의 화를 동물적 반응 수준으로 끌어올렸습니다.

"아니, 내가 뭐 틀린 말 했어?"

옆에서 지켜보던 딸도 엄마를 거들며 한마디 했습니다.

"아빠는 오빠 시험 보는 날 왜 쓸데없는 소리를 하세요?"

딸의 말은 불에 기름을 부은 것처럼 나의 화를 더 키웠습니다. 나는 딸의 어깨를 툭 치며 "너 아빠한테 버릇없이 그런 식으로 얘기해?"라고 더 큰소리를 냈습니다. 점점 돌아올 수 없는 강을 건너고 있었습니다. 결국 안 되겠다 싶어 방으로 들어가 책상에 앉아 마음을 다스리며 곰곰이 생각해봤습니다.

'왜 하필이면 오늘 같은 날 참지 못하고 그렇게 얘기했을까? 시험을 앞둔 아들의 마음을 헤아리지 못하고 화를 내다니. 아내에게 나의 비이성적인 반응을 합리화하기 위해 애들이 물건을 소중히 다루게 만들려면 쓴소리도 해야 한다며 큰소리를 쳤지만, 그건 속 좁고 배려심 없는 나를 합리화하려는 말 아닌가.'

얼마 전 우연히 유튜브에서 봤던 전 넥센타이어 프로야구팀 염경엽 감독의 말이 떠올랐습니다.

"무턱대고 얘기하는 것이 아니라 어떤 타이밍을 기다리는 거죠. 내 생각만 가지고 아무 때나 내뱉어버리는 건 소통이 아니라고 생각합니다."

이 얘기를 들은 기자는 "감독님 성격 급하시다면서요?"라고 질문했습니다

"급한데 참는 거죠. 계속 보면서 내 머리에 담아두고 타이밍을 기다리는 거죠."

소통의 내용도 중요하지만 더 중요한 건 타이밍입니다. 상대가 받아들일 수 있는 상황과 마음이 있을 때 소통해야 합니다. 소통은 일방적으로 나의 생각과 마음을 전달하는 것이 아니라 상대방에게 얻고 싶은 반응을 이끌어내는 것이 더 중요합니다. 그리고 상대방을 진정으로 위하는 마음이 있어야 합니다. 그것은 하

고 싶은 말을 배설하는 데 의미를 두는 것이 아니라, 상대에게 긍정적인 영향력을 미칠 수 있는 상황과 방법을 선택하여 소통하는 것입니다.

이렇게 잠깐 생각을 정리하고 나서 아들에게 다가가 진심으로 사과했습니다.

"시험 보는 날 아빠가 기분 나쁘게 해서 미안하다."

아들에게서 돌아온 대답은 나를 부끄럽게 만들었습니다.

"아니에요. 아빠 말씀이 사실인데요!"

어른은 아이들의 성장을 위해 때론 뼈아픈 얘기도 해줄 수 있어야 합니다. 아이들이 불편해하고 싫어할까 봐 아무 말도 하지 않고, 무관심한 것만큼 나쁜 것은 없습니다. 그러나 진정한 어른이라면 좋은 얘기를 기분 나쁘게 하는 소탕掃蕩이 아니라, 상대의 욕구를 이해하고 배려하며 어떻게 받아들여지는지를 생각하며 소통疏通해야 할 것입니다.

'NO'라고 말할 수 있는 용기

어린 시절 성장기를 같이 보냈던 고향 친구들은 기억뿐만 아니라 정신연령까지 과거로 되돌려 놓는 마력이 있습니다. 내게도 그런 친구들이 몇 명 있습니다. 그 친구들과 만나면 여전히 학창 시절의 수준 낮은 농담을 주고받으며 좋다고 낄낄대며 웃습니다.

고등학생 시절 그 친구들과 면사무소에서 운영하는 독서실에 모여 공부는 뒷전으로 하고 저녁 늦게까지 수다를 떠는 게 일상이었습니다. 도서관 관리인이 한 번씩 와서 시끄럽다고 주의를 줄 때만 잠깐 마음을 다잡고 공부하는 시늉만 내곤 했습니다. 심지어 명절이 되면 친구들 집을 돌아가며 방문해서 부모님들께 인사드리고 식사도 했던 추억까지 공유하고 있으니 찐 친구들입니다.

친구들 간의 끈끈함과 연대의식은 직장생활을 하고 하나둘씩 결혼하면서 시들해졌습니다. 정신없이 시간이 흘러 직장과 결혼생활에 어느 정도 적응한 삼십 대 후반이 돼서야 다시 연락하면서 명절에도 만나기 시작했습니다.

그런데 무슨 일인지 이번 명절에는 연락하는 친구가 아무도 없었습니다. 문자를 계속 확인하며 연락을 기다리다가 한 친구에게 전화를 걸었습니다.

"왜 이번에는 모이자고 하는 놈이 아무도 없냐?"

친구는 무슨 일이 있는지 목소리에 피곤과 귀찮음이 가득 묻어났습니다.

"모르지. 왜 연락이 없는지 나도 잘 모르겠다. 이번에는 안 모이려나 보지!"

친구의 성의 없는 대답에 불편한 감정이 올라왔지만 꾹 누르며 인사치레 같은 말을 던졌습니다.

"둘이 만나서 커피라도 한잔할까?"

친구는 그냥 '쿨'하게 이렇게 대답하고 전화를 끊었습니다.

"커피는 무슨, 됐다. 그냥 집에 집에서 쉬고 싶다."

"그래, 알았다. 그럼 편하게 쉬어라."

귀찮은 듯 전화를 받는 친구의 태도는 가뜩이나 불편한 나의 마음을 더 긁었습니다. 그런데 희한하게도 그 감정은 시간이 조금 지나자 오히려 안도로 변했습니다. 솔직히 나의 마음은 이번 명절에는 친구들과 술을 멀리하고 가족들과 시간을 보내며 편하게 쉬고 싶었습니다. 결국 이번 명절에 친구들은 아무도 연락하지 않았고 모이지도 않았습니다.

애빌린 패러독스Abilene Paradox라는 말이 있습니다. 여러 명이 의사결정을 하는데 각자가 원하지 않지만 서로 눈치만 보다가 아무도 얘기하지 않아 결국 모두가 하기 싫은 것을 같이 하게 되는 것을 은유하는 말입니다. 우리 친구들 모임이 가끔 애빌린 패러독스에 빠져 있다는 생각이 듭니다. 다들 만나자고 하면 뜨뜻미지근한 반응을 보이지만, 그렇다고 안 나오겠다는 친구도 없습니다. 막상 만나면 큰 재미와 감동도 없습니다. 물론 고향 친구들이니 가끔 보는 것만으로도 치열한 일상과 비즈니스 관계에 있는 사람들로부터 받는 스트레스와 마음의 상처를 치유받기도 합니다.

고향 친구들과의 모임은 그렇다 해도 다른 모임들도 마음에 내키지 않지만 'NO'라고 말하지 못해서 참석하는 경우가 많습니다. 결국 모임이 끝나고 나면 시간과 감정, 그리고 에너지를 낭비한 것 같아 후회하지만 또 누가 만나자고 하면 상대방 입장을 생각해

거절하지 못하고 나가게 됩니다.

이제 기시미 이치로가 《미움받을 용기》에서 했던 얘기를 그저 마음에만 담아 놓지 말고 실행에 옮겨야 하겠습니다. 그래야 남은 삶이든 모임이든 관계든 좀 더 주도적이고 행복하게 이끌어갈 수 있겠죠.

"타인의 기대 같은 것은 만족시킬 필요가 없다. 남이 나에 대해 어떤 평가를 내리든, 싫어하든 말든, 인정해주든 말든 마음에 두지 않는다. 타인의 인정을 바라고 기대에 따라 살 건가? 내 인생을 내가 살자."

아내,
그런 사람 또 없습니다

요즈음 관찰 예능이 대세입니다. 외계인처럼 다른 세상에서 다른 삶을 살 것 같은 유명인들의 일상을 보면서 '모두 그렇게 사는구나' 하며 나 자신을 위로하게 됩니다. 때로는 일반인들이 삶의 무게 때문에 마음속에 간직만 하고 있던 바람들이 TV 화면에서 펼쳐지는 것을 보면서 대리만족을 느낍니다.

한 방송국에서 메이저리거로 활동하는 추신수 선수 가족의 관찰 예능을 봤습니다. 추신수 선수는 마이너리그에서 7년이라는 인고의 시간을 견디고 메이저리그에 입성하여 아메리칸 드림을 이루었습니다. 그의 아내는 20대 초반에 무명선수인 추신수를 만나 불같은 사랑을 하고 이른 나이에 결혼하여 미국으로 건너갔습니다. 가난과 차별의 설움을 극복하며 추신수 선수가 메이저리거가 되기까지 헌신적인 내조를 한 것으로 알려져 있습니다.

결혼기념일을 맞은 추신수 선수는 아침 일찍 일어나 아이들과 식사를 같이 하고 등교를 시킨 후 아내와 외출을 합니다. 부부가 시내를 함께 걸어가는 모습은 무척이나 다정하고 행복해 보였습니다. 추신수는 길을 걷다 갑자기 아내에게 "여기 한번 들어가 볼까?" 하며 꽃과 인테리어 소품을 파는 가게로 들어갔습니다. 아내가 아기자기한 소품을 구경하는 사이 숨겨둔 꽃다발을 들고 나타났습니다. 꽃을 미리 주문해 놓은 가게로 아내를 자연스럽게 유도하고 깜짝 이벤트를 한 거죠. 아내는 꽃다발을 받고 세상을 다 가진 것처럼 기뻐했습니다.

잠시 후 둘은 근처 식당으로 향했습니다. 근사한 분위기의 식당으로 들어가 앉자 추신수는 아내에게 오랜만에 힐을 신었는데 다리가 아프지 않냐고 물어봅니다. 아내가 발이 아프다고 말하자 기다렸다는 듯 들고 있던 가방에서 편안한 신발을 꺼내며 "당신이 그럴 줄 알고 내가 가져왔지" 하며 건네주었습니다. 인터뷰에서 추신수 선수의 아내가 평소 남편이 자신을 세심하게 배려해준다는 얘기가 어떤 의미인지 알 수 있는 장면이었습니다.

한편으로는 그 문제(?)의 장면은 헌신적인 아내를 둔 추신수 선수를 부러워했던 내 마음이 부끄럼으로 바뀌는 순간이었습니다. 어디 쥐구멍이라도 들어가고 싶었습니다. 추신수 선수의 아내가 왜 남편에게 그렇게 헌신했는지 이해되었습니다. 그리고 나 자신에게 물었습니다. "나는 아내를 위해 제대로 된 세심한 배려와 헌신을 해본 적이 있었던가?"

'내가 대접받고 싶은 대로 상대방을 대접하라'는 황금률의 법칙이 있습니다. 성공과 행복을 위한 정확한 삶의 법칙입니다. 그동안 나는 아내에 대한 기대만 생각했지, 나에 대한 아내의 기대에 대해서는 무관심했습니다. 가끔 아내가 "당신에게 더 이상 얘기하고 싶지 않아. 포기했어"라고 말하면 서운하게만 생각했지, 왜 그런 말을 하는지 이해하려고 노력하지 않았습니다.

생각해보면 아내는 남편으로서 아버지로서 준비되지 않은 나와 결혼해 10년 동안 두 아이를 혼자서 키우듯 헌신했습니다. 그리고 충분히 준비하지 않은 채 잘 다니던 직장을 충동에 가깝게 그만둔 나의 결정에도 싫은 내색 없이 지지해주었습니다. 직업인으로서 어려운 상황을 만나 스트레스받고 힘들어할 때 나를 치유해주었던 동반자입니다. 그리고 때로는 투덜거리지만 나를 가장 잘 이해하고 왜곡 없는 나의 거울이 되어주는 진정한 파트너입니다. 그런데 젊은 시절, 가족을 위한 것이라며 조금만 참으라고, 가정에는 무관심한 것을 당연하게 생각하며 삼십 대와 사십 대를 보낸 남편을 지켜낸 아내. 오십 이후에는 나의 아내를 '그런 사람 또 없습니다'라는 이승철 노래의 주인공처럼 생각하고 살아가야겠습니다.

내가
좋은 사람이 되기

제주살이를 하고 있는 이효리와 김상순 부부가 출연하는 '효리네 민박'이라는 프로그램이 있었습니다. 평범한 사람들과 유명인의 경계를 허물고 편안하게 소통하고 관계하는 모습이 시청자들의 관심을 끌기에 충분했습니다.

시즌 1에서 민박집 스텝으로 가수 아이유가 출연했습니다. 아이유와 이효리는 바닷가를 산책하며 진지하고 진솔한 대화를 나눕니다.

"난 결혼하면서 내가 바람을 피울까 걱정했어. 그런데 지난 6년 동안 단 한 번도 그런 생각을 한 적 없어. 그런 거 다 뛰어넘을 만한 사람을 만나면 돼. 그런 아쉬움까지 다 잡아줄 만큼 좋은 사람, 그런 사람이 있더라."

"모두에게 있는 건 아니잖아요."

"근데 기다리면 와. 좋은 사람 만나려고 막 눈 돌리면 없고, 나 자신을 좋은 사람으로 바꾸려고 노력하니 오더라. 내가 상순 씨를 만날 때 내가 좋은 사람이 되어야겠다고 생각했거든. 그러니까 좋은 사람을 운명처럼 만난 것 같아."

경험에서 나온 이효리의 진솔한 얘기 중 여운이 가시지 않는 말이었습니다. 오십 년을 넘게 살아온 나보다는 짧은 인생을 산 이효리의 관계와 변화에 대한 깊은 통찰이 묻어난 이 말에 어른이 된다는 것은 살아온 날의 횟수가 아니라 살아온 날의 깊은 회고와 지혜가 중요하다는 생각을 합니다.

관계와 변화의 본질은 나비입니다. 나에게서 비롯됐다는 의미입니다. 우리는 누군가 좋은 사람이 되기를 바라고, 누군가를 변화시키려고 노력하면서 평생 시간을 보냅니다. 그렇지만 시행착오를 거치며 자신이 좋은 사람이 되고 변해야 된다는 것을 깨닫게 됩니다.

요즈음 마음이 편하지 않고 뭔가 불편한 감정이 나의 집중력을 떨어뜨립니다. 그 불편한 감정 깊은 곳에는 나의 기대를 충족시키지 못하는 아이들, 아내에 대한 불만과 걱정으로 가득 차 있습니다. 친구의 자녀들이 좋은 대학에 가고 공부를 잘한다는 얘기를 들을 때면 그 불편함은 더 커지고 때로는 자괴감까지 듭니다.

그런데 아이들과 아내가 나를 어떤 사람으로 생각하는지에 대해서는 소홀했습니다. 직장생활을 할 때도 마찬가지였습니다. 좋은 팀원, 좋은 관리자가 되려고 노력하기보다는 나의 상사가 좋은 관리자가 되어야 한다고 생각했고, 후배와 팀원들이 괜찮은 사람이 되어야 한다며 그들을 교정하는 데 많은 에너지를 쏟으며 불평하고 힘들어했습니다.

오래 전 우연히 가게 된 아버지학교에서 들은 얘기가 의미하는 바가 무엇인지 이제야 깨닫게 됩니다.

"아이들이 태어나는 것은 부모들이 자신들의 영혼과 건강의 수준에 맞는 아이들을 불러오는 것이다."

맞습니다. 누군가를 바꾸려 하지 말고 나를 바꾸고, 누군가 좋은 사람이 되기를 바라지 말고 내가 좋은 사람이 되어야 합니다. 그래야 남은 삶에서 좋은 사람들과 함께할 수 있습니다.

조정민 목사의 〈사람이 선물이다〉를 다시 한번 되새겨 봅니다.

"스물에는 세상을 바꾸겠다고 돌을 들었고

서른에는 남편을 바꾸어 놓겠다고 눈초리를 들었고

마흔에는 아이를 바꾸어 놓고 말겠다고 매를 들었고

쉰이 가까워진 지금 바꾸어야 할 사람이 바로

'나'임을 깨닫고 들었던 것을 다 내려놓았습니다."

행동하는
존재로

아내가 독한 감기에 걸렸는지 목이 심하게 붓고 머리가 아프다며 병원까지 갔다 왔습니다. 제가 아플 때와 다르게(왜 그런지 정확히 모르지만) 아내가 아프면 집안 분위기가 금세 달라집니다. 조명까지도 어두워진다는 느낌이 듭니다. 아이들은 엄마 곁을 맴돌며 얼마나 아픈지 물어보기도 하고 얼굴 표정도 살피고 조심스러워합니다.

물론 나 역시도 아내가 아프면 이만저만 신경 쓰이는 게 아닙니다. 얼마나 아픈지 물어봐도 대답이 없어서 눈치를 살피다 주방에 쌓여 있는 그릇을 발견하고 설거지를 하기로 했습니다. 일단 강의 자료 준비를 위해 인터넷 검색을 먼저 마치고 설거지를 해야지 생각하고 방으로 들어갔습니다.

잠시 후 주방에서 달그락거리는 소리와 함께 아내의 "아휴, 아휴~" 하는 한숨 소리가 들려왔습니다. 직감적으로 아픔과 불만을 나에게 표현하고 있다는 것이 느껴졌습니다. 하지만 이미 늦었다 싶어 그냥 무시하고 하던 일을 계속했습니다.

이것저것 검색하고 있는데 왠지 마음이 불편해지기 시작했습니다. '설거지를 먼저 할걸 그랬나', '아내가 설거지를 못 하게 했어야 하나' 하는 생각으로 좌불안석하며 일하는 시늉만 하고 있는데 문득 이런 생각이 들었습니다.

'그래, 아내가 아프기는 하지만 설거지를 못 할 정도는 아닐 거야. 그러니까 설거지를 하겠지! 그리고 내가 아프다고 얘기했을 때도 별로 귀담아듣지도 않고 핀잔만 줬잖아.'

상대를 위해 뭔가를 해야겠다고 생각만 하고 행동으로 옮기지 않는 것은 자기배반입니다. 인간은 본래 어떤 행동을 하기에 앞서 무엇이 옳고 그른지 감각적으로 판단할 수 있습니다. 만약 아내가 아프다면 보통의 남편은 아내를 걱정하거나 집안일을 대신 해야겠다는 생각을 하는 것이 인지상정입니다. 하지만 모든 사람이 생각한 것을 모두 행동으로 옮기지 않습니다. 이렇게 생각을 행동으로 옮기지 못하면 그 차이로 인해 마음이 불편해지게 됩니다. 사람들이 자신의 생각과 행동을 합리화하는 것은 인지부조화를 해결하기 위한 심리 작용입니다. 합리화는 상대를 부정적으로 평가하거나 '내가 옳고 너는 틀리다' 같은 방식으로 나타납니다. 나는 설거지를 미루면서 생긴 아내의 반응에 불편한 마음을 합리화하면서 아내도 나에게 별로 신경 쓰지 않으니 어쩔 수 없다는 식으로 정당화했습니다.

자기배반의 더 큰 부작용은 상대의 자기배반을 일으킨다는 것입니다. 우리는 어떤 상황에서 상대방이 나의 기대와 욕구를 무시하면 상대방이 비슷한 상황에 처했을 때 "너도 예전에 그랬잖아!"라며 상대방과 똑같이 행동하게 됩니다. 결국 자기배반은 소통과 관계의 악순환을 만듭니다. 가끔 아내가 뜬금없이 화를 내거나 나의 기대를 무시했던 일들 뒤에는 나의 자기배반이 있었습니다.

나의 무의식 속에 잠재된 불안감들 중에는 자기배반과 심리 부조화에서 비롯된 것들이 많습니다. 결국 자기배반에서 벗어나는 것이 관계와 소통에서 안정감을 얻고 행복해지는 방법입니다.

젊었을 때는 치열한 경쟁 속에서 살아남기 위해 앞만 보고 달렸습니다. 그 과정에서 가장 소중한 사람들의 기대와 욕구를 살피기보다는 그렇게 하지 못한 나 자신을 합리화하면서 상대를 탓하며 관계와 마음의 안정을 잃었습니다.

오십부터는 자기배반에서 벗어나는 노력이 필요합니다. 젊은 시절 자기배반으로 만든 불통과 관계의 문제를 회복해야 할 시기입니다. 내가 상대를 위해 무엇을 해야겠다는 생각이 들면 행동으로 옮겨야 합니다. 즉 생각하는 존재가 아닌 행동하는 존재로서 살아가야 합니다.

공존하는 법 배우기

기업에서 오랫동안 임원으로 근무하다 퇴직한 선배와 만나 점심 식사를 하고 이런저런 얘기를 나누었습니다. 직장생활을 오랫동안, 그것도 임원으로만 15년을 근무했으니 성공적인 직장생활을 했다고 할 수 있습니다. 퇴직하고 어떻게 지내고 있는지 물었더니 몇 개월 동안 여행 다니고 아내와 시간을 많이 보내면서 그동안 못다한 대화도 나누며 행복하게 보내고 있다고 합니다. 실제로 직장 다닐 때 만나면 항상 쫓기듯 바쁘게 움직이고 얼굴에 수심이 느껴졌던 것과 달리 안색도 밝고 편안해 보였습니다.

최근에는 집에서 조금 멀리 떨어진 곳에 작은 사무실을 분양받아 매일 출근해서 책도 보고 찾아오는 후배들과 앞으로 어떤 비즈니스를 해야 할지 대화를 나누며 아이디어를 얻고 있다고 합니다. 퇴직 후 먹고사는 문제를 고민하게 되는데 경제적으로 안정적이라는 것은 복 받은 일입니다.

이런저런 얘기를 나누다 선배가 아내의 얘기를 꺼냈습니다. 퇴직 후 아내와 많은 시간을 보내다 보니 바쁘게 살 때는 보지 못했던 아내의 일상이 보이기 시작했다고 합니다.

"예전에 영민하고 민첩했거든. 그런데 대화를 나누다 보면 자꾸 삼천포로 빠져. 시사적인 얘기를 해도 신문이나 책을 안 보니까 잘 안 통하고, 잘 움직이지도 않으려고 해. 설거지도 기름진 그릇과 그렇지 않은 것을 분리해서 하면 세제도 덜 사용하고 효과적이잖아. 그래서 내가 그런 얘기를 했더니 그냥 자기 식대로 하게 내버려 두라고 하더군. 이것저것 비생산적인 부분이 많아서 요즈음 얘기를 많이 하고 있어."

얘기를 듣고 있으니 나도 모르게 웃음이 절로 나왔습니다. 오래전 내가 회사를 퇴직한 후 경험한 것을 선배가 비슷하게 경험하고 있기 때문입니다. 나도 퇴직 후 초창기에 아내와 많은 시간을 같이 하면서 어색하기도 했지만 행복하다고 생각했습니다. 하지만 오래 가지 못했습니다. 아내의 일상을 조직에서 습관화된 효과와 효율의 시선으로 바라보며 "시간을 잡아먹는 도둑, TV를 없애는 게 좋겠다. 미래를 위해 뭔가 배우는 게 좋겠다"라는 등의 잔소리가 시작되었습니다.

그러던 어느 날 아내는 화를 내며 서럽게 펑펑 울며 "나는 내 스타일로 살게 내버려 둬. 그런 것이 중요하면 당신만 하면 되지. 당신이 그럴 때마다 스트레스받아!"

도움되는 얘기를 해주는 나의 진정성을 이해하지 못하는 것에 서운하기도 했지만, 아내의 격한 반응에 충격을 받았습니다. 그리고 조용히 생각해봤습니다. '아내는 내가 직장 다니는 동안 출근길 챙기랴, 저녁에 술 먹고 시체가 되어 들어온 나에게 억지로 꿀물을 먹이고, 직장에서 받은 스트레스로 투덜거리는 것을 다 받아주며 한 번도 잔소리하지 않으며 헌신했다. 그런데 내가 아내에게 나의 잣대로 이런저런 잔소리를 하며 변화를 요구하는 것이 정당한 것인가?'

그 뒤로 나는 아내의 생각과 삶을 존중하기로 했습니다. 앞가림도 못 하던 젊은 시절을 정신없이 보내면서 아내와 공존하는 연습이 부족했던 것 같습니다. 공존은 상대방과 나의 차이를 인정하고 존중하는 것을 넘어 나를 변화시키는 기회로 만드는 것입니다.

나는 선배에게 건방질 수도 있지만 한마디를 했습니다.

"선배님, 형수님이 하시고 싶은 대로 그냥 내버려 두세요. 그게 살길입니다."

온전하게 듣는 연습이 필요하다

직장을 그만두고 잠시 몸담았던 컨설팅 회사에서 함께 근무했던 직원과 연락이 닿아 몇 년 만에 만났습니다. 그 직원은 최근에 회사를 그만두고 개인 사업을 시작했습니다. 간단한 저녁 식사와 술 한잔을 곁들이며 해묵은 이야기보따리를 풀었습니다. 외부 사람들과 다양하고 활발하게 교류하며 관계를 형성하는 그의 모습을 보며 남다르다는 생각을 했습니다. 직장을 나와 시작한 비즈니스는 과거에 구축한 인적 네트워크를 기반으로 준비하고 있었습니다. 그 직원은 과거 직장을 다닐 때부터 시작해서 그동안 자신이 조직에서 홀대를 받아 얼마나 서러웠는지, 사람들과의 관계를 형성하는 데 어떤 노력을 했는지, 현재 자신이 하는 일에 어떤 철학과 신념을 갖고 있는지 긴 시간 동안 숨도 쉬지 않고 많은 얘기를 꺼냈습니다. 아니, 토해냈다고 하는 것이 더 적절한 표현입니다.

솔직히 듣고 있는데 집중도 안 되고 머리가 점점 무거워졌습니다. 특히 개인의 경험으로 만들어진 신념을 정답처럼 제시하며 나를 설득하려고 할 때는 가슴 한구석에서 불편함이 올라왔습니다. 그렇게 4시간 가까이 이어지는 일방적인 얘기를 집중해서 듣기는 쉽지 않았습니다. 하지만 의도적으로 그의 얘기 뒤에 숨겨진 생각과 감정들을 이해하려고 노력했습니다.

나는 그의 얘기 속에 '나는 인정받고 싶어요. 나도 괜찮은 사람이에요. 현재 내가 새로운 사업을 구상하고 있지만 아직 확신이 없어요. 잘 될지 고민과 걱정이 많습니다'라는 생각과 감정이 숨겨져 있음을 읽었습니다.

대화가 다 끝나고 "깊은 생각과 고민을 하고 있네요. 현재 하고 있는 일에 대해 열정을 갖고 있다는 느낌도 들어요. 예전에는 몰랐는데 깊은 대화를 나누어보니 분명한 자기 철학을 갖고 있다는 것도 알게 됐어요."

그리고 헤어지면서 한마디 더했습니다. "오늘 일부러 김 대표의 얘기를 듣기만 했어요. 난 요즈음 말하는 것보다 들으면서 많이 배웁니다. 제 느낌으로는 오늘 얘기하면서 본인도 생각이 많이 정리되고 더 많은 확신을 얻었다고 생각하는데, 어때요?"

"네, 사실 생각도 많이 정리되고 마음도 편해졌습니다. 오늘 제 얘기를 잘 들어주셔서 고맙습니다. 중간에 끊을 만도 하셨을 텐데…."

그와 헤어지고 집으로 돌아오면서 갑자기 아내에게 미안한 생각이 들었습니다. 결혼 이후 아내에게 가장 많이 들었던 불만이 자신의 얘기를 제대로 듣지 않는다는 것입니다. 처음에는 아내의 지적을 부정하다가 약간의 위기감(?)을 느끼면서 아내의 얘기를 경청하려고 의식적으로 노력하고 있습니다. 하지만 여전히 딴생각으로 집중하지 못하고, 아내의 얘기를 제대로 듣지 못하고 반문하다 혼나기 일쑤입니다.

세상에서 제일 먼 거리가 머리에서 가슴까지의 거리라고 합니다. 그런데 더 먼 거리는 머리에서 손까지의 거리라고 생각됩니다. 다른 사람들에게 경청의 중요성을 강조하면서 정작 스스로는 실천하지 못하는 나를 보면 그런 것 같습니다.

오십 대는 그동안 미루고 실천하지 못했던 지식과 지혜를 행동으로 옮기는 연습이 필요합니다. 그중에서 가장 먼저 실천해서 습관화해야 할 것이 경청입니다. 경청은 젊은 시절 먹고사는 것을 핑계로 손상된 관계와 신뢰를 회복하기 위한 최고의 치료제이기 때문입니다. 나이 육십 세를 귀가 순해진다는 뜻으로 이순耳順이라고 표현합니다. 그런데 나이 육십 세에 남의 말을 잘 듣기보다는 자신의 말을 더 많이 하는 사람을 만나기 쉬운 것은 오십 대에 경청에 대한 자각과 연습이 부족하기 때문입니다.

오십, 이제 온전하게 듣는 연습이 필요한 때입니다.

교정반사에서 교감반사로

딸이 등교 시간에 늦었다고 성화를 해서 데려다주었습니다. 때로는 귀찮기도 하지만, 뭘 물어도 시큰둥한 반응만 보이던 딸이 학교에 데려다줄 때만큼은 고분고분하게 대답도 잘하고 말도 많이 하는 편이어서 아내를 대신해 일부러 갑니다.

"딸, 요즈음 힘들지? 아빠가 보기에는 많이 지친 것 같은데!"

"네, 좀 힘드네요. 원래 수업 시간에 안 조는데 어제는 많이 졸았어요!"

"그렇지? 요즈음 체력이 많이 달리지. 그러니까 아빠가 운동하라고 했잖아! 운동해서 체력을 키우면 덜 피곤하고 집중력도 좋아지거든. 운동을 꼭 해라, 알았지?"

"네, 제가 알아서 할게요."

갑자기 분위기만 어색해졌습니다. 집에 있었으면 자기 방으로 들어가 버릴 텐데, 차 안이라 어디 피할 데도 없으니 얼굴을 창 쪽으로 돌렸습니다.

예전 같으면 "그래, 얘기 잘했다. 제발 알아서 좀 해라. 알아서 안 하니까 아빠가 이렇게 얘기하는 거 아냐"라고 2절 3절로 이어졌을 텐데, 이제 1절에서 끝내는 지혜는 터득해서 더는 아무 말도 하지 않았습니다. 딸을 학교 정문 앞에 내려주고 집으로 돌아오는 길에 마음이 불편했습니다. '조금만 참을 걸 그랬나. 아니야, 그래도 그렇지. 잘되라고 하는 말인데 아빠 마음을 그렇게 몰라주나.'

어떻게 소통해야 하는지 다 알고 있고, 가르치기까지 하는 내가 가족과의 대화에서 좌절을 경험하면서 상담 책을 찾아 읽었습니다. 책을 읽다 '교정반사'라는 용어가 눈에 들어왔습니다. 교정반사는 타인을 돕고자 하는 긍정적 동기입니다. 상대의 문제점을 발견하면 그것을 고쳐주고 더 나은 상황을 만들어 생산적인 삶을 살도록 만들어주고 싶은 욕망에서 기인합니다. 그런데 이런 행동이 상대방의 저항을 불러온다고 합니다. 상대의 문제를 직접적으로 지적하거나 방법을 알려주면 자존감이나 자기 결정성이 훼손되면서 불편한 마음이 생기기 때문입니다.

돌이켜보면 아이들과의 대화에서 문제를 일으켰던 대부분이 교정반사에서 비롯된 잔소리 때문이었습니다. 아이들이 얘기하면 문제와 잘못을 먼저 지적하고, 내가 먼저 짐작하고 판단한 방식을 일방적으로 강요하는 식의 대화가 문제였던 겁니다. 상대가 문제를 인식하지 못하고 있고, 그 문제를 해결해야겠다는 의지도 없는데 이래라저래라하면 저항은 당연한 결과입니다.

생각해보면 어머니와의 대화도 그랬던 것 같습니다. 어머니가 몸이 불편하고 아프다고 말씀하시거나 아버지와 있었던 불편했던 일에 대해 하소연하면 공감을 표현하기보다는 어머니의 잘못된 생활습관을 지적하거나, 아버지와의 소통 방법에 대한 문제점을 제기합니다. 대화의 끝은 어머니의 "알았다, 그만해라. 내가 알아서 할게"로 마무리됩니다.

요즈음 대화가 더 어렵다는 생각을 많이 합니다. 오십이 넘으면 대화도 여유 있고 능숙하게 잘할 줄 알았는데 경험과 약간 아는 것을 내세워 훈장질만 하려는 것 같습니다. 오십부터 개발해야 할 것은 교정반사가 아니라 교감반사가 아닐까 생각합니다.

진정한
에너지 배터리 되기

정기적으로 모이는 친목 모임에 나갔습니다. 대부분 나이가 사십대 중·후반에서 오십 대라서 그런지 대화의 주제도 다양하지만 깊이가 가볍지 않습니다. 이런저런 얘기를 나누다 요즈음 이십대 친구들에 대한 이야기를 나누었습니다.

"얼마 전 강의를 갔다 교육업체에서 지원 업무를 하는 인턴 사원을 만났는데 취직이 안 돼서 스펙을 쌓기 위해 학교를 휴학하고 인턴으로 일하고 있다는 얘기를 들었어요. 그런데 보통 강의를 할 때 뒤에서 지원 업무를 하는 친구들은 기본적으로 강의에 필요한 것은 없는지 확인하고, 교육생들을 위해 부족한 다과와 음료수도 점검하고 보충하는데, 안 하더라고요. 아침에 교육 시작할 때 나타나서 얼굴만 잠깐 보이고, 한참 보이지 않다가 점심 먹을 때와 교육이 끝날 때 나타나서는 마무리만 하는 걸 보니 의욕도 없어 보이고 어쩔 수 없이 일을 하고 있다는 느낌이 들었어요. 아들 같아서 커피를 한잔 사주면서 교육 지원 업무도 교육과정에서 중요한 역할이니 남들보다 더 잘하려고 노력하다 보면 기회가 생길지 모르니 열심히 하라는 충고해주었어요."

내 얘기가 끝나자마자 기다렸다는 듯이 다른 분이 자신이 운영하고 있는 기관에서 근무하고 있는 사회복무요원 이야기를 꺼냈습니다.

"우리 때는 안 그랬는데 요즈음 친구들은 스스로 뭘 하려고 하지 않고 의욕도 없어요. 아침에 출근해서 어디에 숨어 있는지 일을 시키려고 하면 보이지 않아요. 큰 문제입니다."

이야기를 듣고 있자니 내가 얘기할 때는 생각하지 못했던 나의 젊은 시절이 떠올랐습니다. 이십 대 초중반에 나도 무엇을 해야 할지 막막했고, 미래에 대한 불안감에 불빛을 향해 날아가는 불나방처럼 남들이 가는 방향으로 달려가기에 급급했습니다. 조급한 마음에 이것저것 시도하다 제대로 해보지도 않고 쉽게 포기하며 무기력해졌습니다. 때로는 몇 날 며칠을 친구들과 술독에 빠져 세상을 탓하기도 했습니다. 이런 생각들이 스쳐 지나가면서 우리가 나누는 대화가 왠지 식상하고 꼰대질 같다는 생각에 현타가 왔습니다.

“솔직히 우리도 그 나이 때 그랬지 않나요? 잘 생각해보세요! 저도 사실 그 나이 때 미래에 대한 걱정과 불안감으로 열심히 이것저것 해보기도 했지만, 반대로 하루하루를 즐기며 그저 버티고 때우고 살았던 것 같아요. 군대 갔다 오고 나서야 먹고살 걱정에 발등에 불이 떨어져 취직하려고 노력했지요!”

“아, 그랬죠! 맞아요. 그랬던 것 같아요!”

내 얘기에 신이 나서 장단을 맞추던 분은 내가 갑자기 방향을 선회한 말을 하자 어색하고 무안한 표정을 지었습니다.

나이 들면 노파심 때문인지 자신보다 나이 어린 사람에게 충고와 조언을 자주 하게 됩니다. 물론 자신과 같은 실수를 반복하지 않았으면 하는 진심 어린 바람일 수도 있습니다. 하지만 그들이 어떻게 받아들이는지에 대해서는 크게 신경 쓰지 않는 것도 사실입니다. 어떤 경우는 어른으로서 책임을 다한다는 미명아래 자기만족에, 그리고 걱정과 불안감 해소를 위해 상대 입장을 고려하지 않고 포수의 사인을 무시하고 투수가 일방적으로 공을 던지듯 조언과 충고를 밀어붙입니다.

하지만 이삼십 대들이 오십 대에게 기대하는 것은 투수가 아닌 포수의 역할이라는 생각이 듭니다. 진정한 배터리 관계를 원하는 것이죠. 야구에서 투수와 포수의 조합을 배터리라고 부릅니다. 짝꿍 혹은 영혼의 파트너로 불리는 배터리는 철저히 신뢰를 바탕으로 이루어진 관계입니다. 투수는 포수를 완벽하게 믿고, 포수는 투수의 마음을 읽을 수 있어야 합니다. 투수는 자기 마음대로 공을 던지는 것이 아니라, 포수가 보내는 볼 배합 사인을 보고 눈빛과 끄덕거림으로 소통하며 공을 던집니다.

오십, 젊은이들의 열정과 혼란함 그리고 미숙함을 받아줄 수 있는 든든한 포수의 마음으로 살아가는 지혜가 필요합니다. 에너지 배터리가 되는 거죠.

신뢰의 근육

강의가 끝나고 집으로 돌아와 외장 하드를 강의장에 두고 온 것을 알게 되었습니다. 다음 날 지방 강의 일정이 잡혀 있는 데다 찾으러 가기에는 너무 먼 거리여서 한참 동안 고민했습니다. 결국 출강했던 기업 담당자에게 연락해서 다음 날 강의에 필요한 급한 자료만 먼저 메일로 받고 외장 하드는 택배로 보내달라고 부탁했습니다. 외장 하드에서 파일을 찾아 메일로 보내고 택배업체를 불러 발송까지 해야 되는 번거로운 일인데 흔쾌히 부탁을 들어준 담당자에게 너무 감사한 마음에 머리를 몇 번이나 숙였습니다.

그런데 문제가 해결되자 담당자에 대한 감사의 마음보다 더 커진 것은 불안감이었습니다. 사람의 마음은 참으로 간사하다는 말이 맞는 것 같습니다. 도움을 주기로 한 담당자가 나의 노하우가 고스란히 담겨 있는 외장 하드 자료에 손을 댈 수 있다는 걱정에 노심초사하기 시작했습니다. 물론 통제할 수 없는 영역이기에 빨리 내려놓고 담당자의 양심에 맡기기로 했습니다.

살면서 마음의 안정을 깨뜨려 불안감을 높이고 몰입을 떨어뜨리는 것 중 하나가 누군가를 불신하는 일입니다. 신뢰를 뜻하는 영어 단어 trust의 어원은 '편안함'을 의미하는 독일어 'trost'에서 유래되었습니다. 누군가를 믿게 되면 마음이 편해집니다. 혹시 상대가 약속을 안 지킬까, 자녀가 방에 들어가 공부는 안 하고 딴짓하지 않을까 염려하지 않아도 되니 감시에 들어가는 에너지와 비용도 줄고 자신이 하는 일에 집중할 수 있습니다. 신뢰는 일반적으로 '상대의 말이나 행동의 좋은 의도에 대한 확신을 갖고자 하는 의지이고, 통제나 감시 없이도 타인이 행동을 취할 것이라는 기대를 바탕으로 기꺼이 취약성을 감수하려는 자발성'을 의미합니다.

젊었을 때는 "내가 너를 어떻게 믿어. 네가 나를 믿게 만들어 봐"라고 얘기하면서 믿을 수 있게 해달라고 요구했습니다. 하지만 그런 방식으로 불안을 해소하고 제대로 된 신뢰를 얻은 적이 없었습니다. 왜냐하면 그 자체가 불신이고 상대에게 상처를 주기 때문입니다. 어렵지만 더 굳건한 신뢰는 '나는 네가 그럴 것이라고 믿을 거야'에서 만들어지는 신뢰입니다.

성장기를 떠올려보면 부모님이 나에게 얼마나 큰 신뢰를 주셨는지 알 수 있습니다. 부모님은 무엇을 하든 그저 묵묵히 지켜봐 주셨고, 조금 시간이 걸렸지만 결국에는 그런 기다림이 더 큰 책임과 무게감으로 다가왔습니다. 이제 행복하고 편안한 삶을 위해 신뢰의 근육을 만들어야겠습니다.

아는 것과 행동하는 것의 차이

아들이 처음으로 끓여준 미역국을 먹으며 50번째 생일날 아침을 맞이했습니다. 백 세 시대에 이제 하프타임 정도에 도달했다고 해도 평균 수명을 생각하면 살아온 날보다 살아갈 날이 적은 것은 분명합니다. 오십이 되면서 그동안의 삶을 돌아보니 이루어 놓은 것도, 할 줄 아는 것도 없다는 생각에 조급한 마음도 들고 자존감도 떨어져 있었는데 아들이 끓여준 미역국 한 그릇에 조금은 위로가 되고 감사했습니다.

식사가 끝나고 아내와 아들과 함께 생일 케이크를 먹으며 오랜만에 담소를 나누었습니다. 아들이 군 입대를 위해 병원에서 상담받은 얘기를 꺼냈습니다. 아들은 어렸을 때부터 주의력결핍장애로 오랜 기간 병원에서 치료를 받고 약을 먹었는데 군 입대를 앞두고 다시 검사를 받았습니다. 아들은 어린 시절 가장 기억에 남는 것이 무엇이냐는 상담사의 질문에 일곱 살 때 아버지가 술에 취해 들어와서 거실에 쓰러졌던 모습이라고 대답했다고 합니다. 그 순간 나도 모르게 아들에게 소리를 지르며 핀잔을 주었습니다.

"야, 너는 기억할 게 없어서 그런 걸 기억하고 있냐? 그리고 그 사람에게 그런 얘기를 하면 아빠를 어떤 사람이라고 생각하겠어. 할 얘기가 따로 있지!"

여기서 멈췄어야 했는데 치밀어오르는 화를 참지 못하고 더 격양된 목소리로 아들을 계속 몰아붙였습니다.

"그리고 그런 얘기를 하면 아빠가 너에게 안 좋은 영향을 주었다고 상담사가 오해할 수도 있잖아. 아빠가 너에게 그런 모습을 자주 보여준 것도 아닌데."

아들의 표정이 어두워지기 시작했습니다.

"저는 진짜 그게 기억나서 얘기했어요. 다른 의도를 갖고 얘기한 건 아니에요"라고 퉁명스럽게 말하고는 방으로 들어가버렸습니다.

아들이 정성스럽게 미역국을 끓여 준비한 생일 아침은 내가 버럭 화를 내는 바람에 맛있게 밥을 먹다 돌을 씹었을 때의 느낌처럼 평소보다 못한 아침이 되었습니다.

'조금만 참을걸, 내가 왜 그랬을까? 아들은 원래 솔직한 편이어서 꾸미거나 의도를 갖고 얘기하지 않았을 텐데.' 이미 후회해도 늦었습니다. 어색하고 불편한 분위기에서 벗어나기 위해 서둘러 가방을 챙겨 사무실로 향했습니다.

'뭐라고 얘기했어야 할까? 왜 요즈음 작은 것에도 자꾸 버럭버럭하는 거지?'

'그래? 아버지가 술에 취해 거실에서 쓰러졌던 것이 너에게 충격이었구나. 그게 너에게 그렇게 기억나는 이유는 뭐야? 아빠가 너에게 그런 모습을 보여줘서 미안하게 생각한다. 그런데 네가 상담사에게 아빠의 그런 모습이 가장 기억에 남는다고 얘기했다니 많이 부끄럽다는 생각이 든다.'

아는 대로 이성적으로 대화하는 게 쉽지 않습니다. 아들에게 미안함이 밀려와 사과와 감사의 메시지를 보냈습니다.

'아들아, 아직도 부족한 아빠를 이해하고 용서하길 바란다. 오늘 아침 너에게 화내서 미안하고, 미역국 너무 고맙다.'

오십 번째 생일에 여전히 어른으로서, 아버지로서 부족한 나를 발견합니다.

누군가에게 선물이 되는 사람

연탄재 함부로 발로 차지 마라.

너는 누구에게 한 번이라도 뜨거운 사람이었느냐.

안도현 시인의 시 '너에게 묻는다'입니다. 나는 나에게 묻습니다. 나는 누구에게 한 번이라도 선물 같은 사람이었는지….

살다 보면 '나도 괜찮은 사람이구나, 세상 살 만하구나' 하는 생각이 드는 일을 경험합니다. 그런 경험을 통해 자존감도 올라가고 자신감이 생겨서 안 되던 일도 잘 풀릴 때가 있습니다. 그런데 과연 나는 주변 사람들에게 선물 같은 사람으로 살아왔는지 생각해봅니다. 특히 아이들에게는 말입니다.

"항상 노력한 만큼 얻는 것이 세상의 이치야!"

"최선을 다하면 비록 원하는 결과는 얻을 수 없더라도 후회는 줄일 수 있어!"

"목표와 계획을 가져야 해."

"공부를 꼭 하라는 말이 아니라, 무엇이든 네가 원하는 것을 찾아 열심히 하라는 거야."

내가 아이들에게 주로 했던 이야기들입니다. 나는 아이들에게 성실함과 노력의 중요성을 귀에 딱지가 생기도록 이야기만 했지, 아버지라는 존재를 통해 선물 같은 삶에 대해서는 알려주지는 못했습니다. 생각해보니 나의 어머니는 내가 힘들고 지쳐서 삶의 무게에 짓눌려 빠져나오지 못하고 허우적거릴 때 가끔 선물 같은 존재였습니다.

용돈을 달라고 하면 어머니는 기대 이상의 돈을 주셔서 행복감을 느꼈던 경험이 아직도 기억 속에 남아 있습니다. 어머니는 평소에 공부하라는 얘기보다는 어디 가서 자신의 생각과 의견을 당당하게 말해야 한다는 말씀을 더 많이 하셨습니다.

지금 시대는 아이들에게 지나치게 열정과 노력을 요구합니다. 열정 과잉의 시대입니다. 경쟁은 더 치열해져 선물 같은 삶을 경험하기 더 어려운 환경입니다. 이런 시대에 아버지로서 아이들에게 규범적이고 교과서적인 얘기만 할 것이 아니라, 사막의 오아시스 같은 선물을 주려는 작은 노력부터 해야겠습니다.

아이들에게 선물처럼 느껴지는 것은 이런 것이 아닐까요? 생각지도 못한 칭찬을 받는 것, 무조건적인 지지와 격려 그리고 공감을 받는 것, 또 가끔 정해진 용돈 외에 추가적인 용돈을 조건 없이 주는 것.

오늘 딸의 방으로 찾아가 3만 원을 손에 쥐어주며 이런 얘기를 건넸습니다.

"딸, 요즈음 공부하느라 힘들지. 이걸로 먹고 싶은 것 사먹어. 지난번 아빠 생일에 선물 산다고 용돈이 부족하지? 이거 엄마는 모르는 거다!"

"왜 이러세요? 무슨 일 있으세요?"라고 말하는 딸의 얼굴이 환해졌습니다.

어른 부모가 된다는 것

아내와 딸이 며칠째 대치하고 있습니다. 딸이 학원을 간다고 나가서 엉뚱한 짓을 하다 아내에게 들켰습니다. 여자들의 직감이란 정말 대단한 것 같습니다. 그 일이 있기 얼마 전부터 아내는 딸아이가 밖에서 딴짓을 하는 것 같다며 걱정스럽다는 얘기를 몇 번 꺼냈습니다. 나는 그럴 애가 아니라며 신경 쓰지 말라고 대수롭지 않게 말했습니다. 딸을 믿어주는 괜찮은 아빠로 보이고 싶어 그렇게 말했지만, 딸이 학업에 집중하지 않는다는 느낌을 갖고 있었던 것은 나도 마찬가지였습니다.

아내는 어느 날 저녁 갑자기 나가더니 학원에 가지 않고 딴짓을 하고 있던 딸을 찾아서 데리고 들어왔습니다. 방으로 데리고 들어가 거짓말을 한 딸을 혼냈습니다. 방 안에서 들리는 얘기를 듣고 있으니 걱정스럽기도 하고 배신감이 느껴졌습니다. 딸에게 시간적·육체적으로 더 많은 관심과 에너지를 쏟은 아내가 더 속상해하는 건 당연합니다. 딸은 처음에는 아내의 얘기를 가만히 듣고만 있다가 억울하고 속상했는지 서럽게 울면서 이렇게 말했습니다.

"왜 공부를 해야 되는지 모르겠어요. 그래서 그런 고민을 하느라 학원에 가지 않았어요. 공부를 해야 하는 이유를 모르니까 공부를 할 수 없잖아요."

"네가 해달라고 하는 대로 다 해줬는데 이제 와서 그런 소리를 하면 어떡해? 그리고 왜 거짓말을 해? 솔직히 얘기하면 되잖아! 공부를 왜 해야 되는지 몰라서 공부가 안 된다고. 그럼 같이 방법을 찾아볼 것 아니야."

아내와 딸의 주고받는 말들은 나의 마음을 착잡하게 만들었습니다. 아이가 거짓말한 것에 대한 서운함과 속상함도 있었지만, 저런 고민이 있는데 부모로서 모르고 있었다는 생각에 미안함이 더 컸습니다. 아내도 화장실에 들어가 혼자 훌쩍거리는 걸 보면서 같은 마음이라는 것을 느꼈습니다.

이럴 때 부모는 어떻게 해야 할까요? 그동안 나름대로 아이들에게 세상 보는 눈을 키워주고 꿈을 심어주는 아버지가 되겠다고 이런저런 노력을 많이 한 것 같은데 다 쓸모가 없는 건지 회의가 들었습니다.

갑자기 나의 고등학교 시절이 떠올랐습니다. 양장점을 운영하신 어머니는 늦게까지 일하셨고, 피곤한 몸으로 새벽에 일어나 항상 도시락을 2개씩 싸주셨습니다. 아침에 무거운 가방을 들고 등교해서 저녁 늦게 야자까지 하고, 또 독서실로 가서 11시가 다 돼서야 귀가했습니다. 그런데 성적은 항상 밑바닥이었습니다. 학교에는 몸만 가고 영혼은 항상 가출해 있었으니 그럴 수밖에 없었습니다. 왜 공부를 해야 하는지 동기부여도 안 되어 있었고, 매일 반복되는 일과를 감당하기에 육체적으로 버거웠습니다. 한마디로 보이지 않는 침묵의 일탈을 했습니다. 이런 내막을 모르는 어머니는 아들이 열심히 공부하는데 성적이 오르지 않는다며 안타까워했습니다. 하지만 공부하라고 채근하거나 잔소리를 하지 않고 그저 믿고 묵묵히 기다려주셨습니다.

고등학교를 졸업하고 재수를 결심했습니다. 특별한 목표가 있었다기보다는 어머니가 나를 위해 헌신하며 기다려주신 것에 보답해야겠다는 생각이었습니다. 기본 실력도, 습관도 제대로 갖추지 않아서 힘들었지만 순간순간 어머니를 생각하며 버텼고 작은 성취를 이뤄낼 수 있었습니다.

어머니의 사랑과 헌신을 생각하며 지금 내가 부모로서 무엇을 해야 하고, 훗날 후회하지 않는 부모가 되려면 어떻게 해야 할지 배웁니다. 자녀를 자신의 방식과 생각대로 살게 하는 것이 아니라, 자녀를 스스로 살아갈 수 있게 해주는 것이 좋은 부모라는 생각이 듭니다. 그것에 어떠한 기준도 필요하지 않은 것 같습니다. 가장 힘든 일이기도 하지만 그저 묵묵히 자녀를 이해하고 믿어주고 응원해주는 거라는 생각이 듭니다.

대화가 잘 안 되는 이유

주말에 학원에 간 딸이 귀가 시간이 지나도 오지 않아 데리러 갔습니다. 예전에는 알아서 오겠지 생각하고 무심하게 지나갔을 텐데, 요즈음 부쩍 신경이 쓰입니다. 문자를 해도 답이 없던 딸이 집에 오는 도중에 마트에 들러 간식거리를 사고 있다고 연락이 왔습니다. 딸을 만나 집으로 오면서 이런저런 얘기를 나누다 하루 종일 아무것도 먹지 못해 배가 고프다는 말을 듣고 갑자기 화가 치밀어올랐습니다. 요즈음 다이어트를 하는지 밥맛이 없다며 끼니를 거르는 것이 못마땅해 한마디 하려고 벼르고 있었습니다.

"학원하고 독서실이 없어지면 코 닿을 곳인데 잠깐 와서 밥 먹고 가지, 왜 안 먹고 배고프다고 그래? 아빠가 아까 배고프냐고 문자로 물어봤을 때 배부르다고 하더니 무슨 소리야?"

"앞으로 그런 얘기 안 하면 되잖아요!"

딸은 짜증을 내며 기다리던 엘리베이터를 타지 않고 계단으로 먼저 올라가 버렸습니다.

요즈음 이런 일이 반복됩니다. 딸과 좀 더 친해지기 위해 얘기를 시작하면 불편한 상태로 대화가 끝납니다. 직업적인 자존심 때문인지 가족과 대화가 불편하게 끝나면 더 큰 좌절감을 느낍니다. 대화에 어떤 문제가 있는지, 어떻게 하면 효과적으로 대화를 할 수 있는지 알고 있지만 마음대로 안 됩니다. 가끔 이런 고민을 해결하기 위해 개인적으로 세미나도 참석합니다. 분명한 것은 아이들과 대화를 자주 하기 전에는 아무런 문제가 없었습니다. 더 가까워지기 위해 대화를 시도하고 접촉 빈도수가 높아질수록 오히려 대화는 단절되고 멀어지는 느낌입니다.

아내와도 비슷한 문제를 경험했습니다. 결혼해서 몇 년간 바쁘다는 핑계로 대화할 시간도 없이 각자의 역할에 충실하며 지냈을 때는 전혀 문제가 없었습니다. 아니, 나중에 보니 문제가 없다고 착각하고 살았던 것입니다. 회사에서 직무와 부서가 바뀌면서 집에 들어오는 시간이 일정해지고 같이 보내는 시간이 많아지면서 갈등이 시작됐습니다. 갈등을 해결하기 위해 대화를 시도했지만 미숙한 대화 방식은 이야기를 나누면 나눌수록 우리를 미궁으로 빠뜨렸습니다. 물론 그동안 몰랐던 아내의 아픔과 생각들을 알게 되는 기회는 되었습니다.

오십이 넘어 삼십 대와 사십 대에 만난 아이들과 아내를 대면하고 있다고 생각합니다. 어느덧 성인이 되었지만 내면은 아이도 어른도 아닌 혼돈 속에 있는 아이들, 이십여 년을 함께 살면서 나를 속속들이 알게 된 아내입니다.

이제부터는 그런 정체성을 가진 아이들과 나를 거울처럼 비추는 아내와의 대화와 관계에 익숙해지기 위한 변화가 필요합니다. 얼마 전 읽었던 장자의 이야기에서 내가 어떻게 해야 되는지 답을 구해봅니다.

장자는 사람들의 옳고 그름의 판단은 성심에서 온다고 말합니다. 성심은 살아가면서 형성된 마음입니다. 그래서 성심은 저마다의 경험과 교육, 환경의 영향을 받습니다. 그러니 개인의 성심은 저마다 다를 수밖에 없습니다. 결국 소통한다는 것은 자신의 성심이 굳어져 선입견이나 편견은 없는지 자각하고 확인하는 과정이며, 단순히 거기서 멈추는 것이 아니라 자신을 변화시킬 수 있는 기회로 생각해야 한다는 것이 장자의 생각입니다. 나와 다른 성심을 갖고 있는 아이와 아내를 이해하려고 노력하는 것, 그리고 내가 원하는 마음의 안정과 행복을 얻기 위해 늘 나를 변화시키는 것이 현명한 아버지와 남편이 되는 길이라고 생각합니다. 물론 이것이 말처럼 쉽지는 않습니다. 하지만 이 과정을 지혜롭게 헤쳐 나가야 아이들과 아내가 좋은 동반자로서 대화의 상대가 되어줄 것이라고 믿습니다.

갑자기 떠난 여행이 준 교훈

머릿속에는 온통 해야 할 일로 가득 차서 주말이 오기 전부터 마음이 복잡합니다. 이 나이가 돼서도 할 일이 많거나 문제가 해결되지 않으면 시야가 좁아지고 다른 것에는 신경을 못 쓰게 됩니다. 그래서 가장 부러운 사람이 어떤 상황에서도 여유를 잃지 않고 유연하게 행동하는 사람입니다.

토요일 아침에 교육을 받으러 가기 위해 일찍 서두르다 이런 생각이 들었습니다. '내가 왜 이렇게 열심히 배우고 노력하며 사는 거지? 무엇을 위해서?'

딸은 공부에 대한 고민 때문에 방황하고 있고, 아내는 그런 딸과의 갈등 때문에 심란해하고 있는데 혼자 자기계발을 하겠다고 주말 아침에 나서는 내가 한심하다는 생각이 들었습니다. 아내에게 중요한 교육 내용만 잠깐 듣고 올 테니 돌아오는 대로 어디든 멀리 떠나서 가족끼리 얘기 좀 나누자고 했습니다. 평소에 계획대로만 움직이는 내가 갑자기 떠나는 것은 일종의 도전입니다.

어쨌든 급하게 돌아와 지인이 운영하고 있는 강원도의 한 펜션을 빌려서 준비도 없이 떠났습니다. 조금 늦게 출발해서 현지 마트에 가서 장을 보고 야외에서 바비큐를 했습니다. 이동 중에도 도착해서도 한참을 말을 안 하고 겉돌던 딸이 조금씩 다가서며 말을 섞기 시작했습니다.

나는 경험으로 아이가 왜 그런지, 무엇을 생각하고 있는지 다 알 것 같았습니다. 그래서 "너 이래서 그런 거지? 아빠는 다 알고 있고, 그래도 어떻게 하겠어, 참고 공부해야지. 그래야 나중에 후회하지 않을 거야!"라는 말이 하고 싶었지만 참았습니다. 대신 오늘은 무엇보다 그저 공감해주는 것이 필요하다고 생각했습니다.

"딸, 아빠가 너에게 먼저 사과할게. 우리 딸이 그런 고민이 있는 것도 몰라서 미안하고, 그런 고민을 아빠에게 얘기할 수 있는 기회를 만들어주지 못한 것도 미안하다. 오늘은 그냥 네가 그동안 어떻게 생활했는지, 어떤 생각을 갖고 있는지 솔직하게 말해준다면 아빠가 너를 어떻게 도와줄 수 있는지 생각해볼게. 정말 솔직하게 얘기해줘야 돼!"

이 얘기를 꺼내자 옆에 앉아 있던 딸은 훌쩍거리며 울기 시작했습니다. 당황했지만 나의 진심이 전해진 것 같아 한편으로는 마음이 편안해졌습니다. 아이는 그동안 있었던 이야기를 차분하고 자세하게 했습니다. 나는 딸에게 진로와 관련해서 전문가와 상담할 수 있도록 기회를 주기로 하고 대화를 마무리했습니다. 오랜만에 가족 모두가 야외에서 진솔한 얘기를 하며 의미 있는 시간을 보내니 갑작스럽게 떠난 여행이지만 잘했다는 생각이 듭니다.

이런 시간을 내는 것이 그렇게 어려운 일도 아닌데, 그동안 왜 하지 못했을까 후회가 됩니다. 같은 공간에 살고 있지만, 각자 휴대진화를 손에서 놓지 못하고 다른 공간의 누군가와 소통하며 시간을 보내고 있는 가족들이 많습니다.

가족도 형제도 소통과 관계를 위해 노력하지 않으면 남보다 못한 것 같습니다. 특히 오십 이후에는 의도적으로 편안하게 함께 할 수 있는 시간을 더 많이 만들어야 할 것 같습니다.

누군가의 코치와 멘토 되기

가끔 강연이 끝나면 다가와 내용이 좋았다며 감사 인사를 하거나 명함을 요청하는 분들이 있습니다. 그냥 인사말만 건네는 사람도 있지만, '도움을 받을 일이 있는데 나중에 꼭 한번 연락하겠다'고 훗날을 약속하는 사람도 있습니다. 솔직히 그런 말을 한 사람 중에 실제로 연락해온 경우는 없어서 기대하지 않습니다.

몇 년 전 한 대기업에서 강의를 끝내고 노트북을 정리하는데 한 분이 다가와 좋은 강의 잘 들었다며 인사를 나누며 서로 명함을 교환했습니다. 꼭 한번 연락하겠다고 해서 늘 있는 일이라 인사치레 정도로 받아들였습니다. 그렇게 몇 년이 지난 뒤 그분에게서 연락이 왔습니다. 물론 처음에는 누군지 기억하지 못했습니다. 1년에 많게는 수천 명씩 만나는데 잠깐 스쳐 간 사람을 바로 알아보기는 쉽지 않습니다. 마침 강의 일정도 없고 아내가 외출 중이어서 우리 집으로 초대했습니다.

오래전에 잠깐 스쳐 지나가듯 만난 분이지만 머리숱이 없고 체형이 마른 특징이 있어서 어렴풋이 기억이 되살아났습니다. 그는 정기 건강검진에서 암이 발견되어 수술을 받은 후 1년간 휴직했고, 복직을 앞두고 있었습니다. 삶과 죽음 사이에서 겪었을 좌절과 고통을 담담하게 이야기하며 나에게 마음의 손을 내밀었습니다. 직접 경험하지 않았지만 나는 그가 얼마나 힘든 시기를 보내고 있는지 마음으로 느낄 수 있었습니다.

가장 어렵고 절망스러운 시기에 나를 떠올렸고, 이렇게 찾아와 자신의 아픔과 고민을 나눈다는 것에 정말 감사한 마음이 들었습니다. 그는 남은 삶은 자신이 원하는 강의를 하며 살고 싶다며 도움을 요청했습니다. 그렇게 그의 고민을 들어주며 시작한 인연이 벌써 수년이 다 되어가고 있습니다.

그는 현재 기적 같은 삶을 살아가고 있습니다. 여전히 직장을 잘 다니고 있고, 자신처럼 암을 경험한 환우들에게 위로와 용기를 주는 강의로 시작해서 현재는 직장 내에서 코칭과 강의를 하고 있습니다. 더 나아가 자신과 비슷한 처지에 있는 사람들을 돕겠다고 상담과 코칭 공부를 하기 위해 대학원에 진학해 졸업까지 했습니다. 그는 암이라는 인생의 중대한 위기를 경험하면서 과거에 생각하지 못했거나, 생각만 하고 행동으로 옮기지 못했던 일들을 과감하게 실행하며 현재를 살아가고 있습니다.

나는 그를 만나면서 어떤 방향이나 방법을 제시하지 않았습니다. 그가 내면을 탐색하고 현명한 선택을 하도록 얘기를 잘 들어주고, 때로는 질문을 하거나 아이디어를 조언해주었을 뿐입니다. 오히려 그런 과정에서 제가 더 많은 도움을 받았습니다. 그의 성찰과 탐색을 돕기 위해 했던 이야기와 질문들은 오히려 나를 돌아보고 자극하는 기회가 되었습니다. 그리고 그가 자신의 결정을 하나씩 실행하면서 성장하는 모습을 보며 많은 영감을 받았습니다. 그리고 누군가의 삶에 좋은 영향력을 줄 수 있는 나 자신이 자랑스러웠습니다.

사회에서든 가정에서든 직장에서든 오십 대의 역할은 누군가 찾아와 마음으로 의지하고 도움을 청할 수 있는 사람이 되는 것이라고 생각합니다. 오십 대 아버지는 자녀에게, 선배는 후배에게, 상사는 부하직원에게 진정한 코치와 멘토이어야 할 것 같습니다.

지나친 기대에서 벗어나기

현재 사는 곳으로 이사 와서 6년째 다니는 단골 미용실이 있습니다. 조금 규모가 있는 미용실은 전담 헤어 디자이너가 스타일에 맞게 머리 손질을 잘해주고 익숙해져서 심리적으로도 편하기 때문에 잘 바꾸지 않게 됩니다.

그런데 얼마 전 아내가 내 머리 스타일이 마음에 안 든다며 자기가 다니는 미용실로 가보라고 권해서 큰마음 먹고 방문했습니다. 아내가 다니는 미용실은 가격이 비싼 만큼 서비스도 세심하고 친절했습니다. 샴푸실의 어두운 조명과 잔잔한 음악은 마음을 편안하게 해주었고, 전동식으로 작동하는 의자에 누워 두피 마사지를 받으며 샴푸를 하는 것은 그 자체가 힐링이었습니다. 물론 헤어스타일도 이전의 미용실보다 마음에 들었습니다.

그렇게 6년 만에 성공적인 미용실 외도를 마쳤지만 원래 다니던 단골 미용실을 배신한 것 같아 마음이 불편했습니다. 특히 그 미용실 부원장과는 단순한 비즈니스 관계로 생각하지 않았기 때문에 신뢰를 저버린 것 같아 마음이 쓰였습니다. 그 부원장은 20년 가까이 고수해왔던 내 머리 스타일을 처음으로 변화시켜 주었고, 그 머리 스타일이 시발점이 되어 내 이미지와 옷 입는 스타일까지 바꾸게 되었습니다.

인간관계는 보통 경제적 교환과 사회적 교환 관계로 구분됩니다. 헤어 디자이너와 고객처럼 서로 도움이 되기 때문에 유지되는 것이 경제적 교환 관계입니다. 사회적 교환 관계는 이익을 주고받는 관계를 넘어 정서적·감정적인 관계로, 신뢰를 주고받는 관계를 말합니다. 적어도 나는 단골 미용실 부원장과의 관계를 그렇게 생각했습니다.

결국 그 부원장에 대한 미안함을 이기지 못하고 단골 미용실을 다시 방문했습니다. 그런데 그 부원장이 보이지 않아서 직원에게 물어보니 얼마 전 퇴직했다는 대답이 돌아왔습니다. 갑자기 뒤통수를 맞은 것처럼 머리가 띵하고 공간마저 낯설게 느껴졌습니다.

원장에게 부원장이 한마디 인사도 없이 그만두었다고 서운하다는 말을 하자 새로운 일을 하겠다며 나갔다고 말했지만, 얼굴 표정은 별일 아닌 일에 뭘 그렇게 물어보느냐는 것 같았습니다. 내가 한 달 전에 머리 손질을 할 때도 이미 퇴직 상태였고, 시간제로 일하고 있었다는 얘기는 서운함을 넘어 배신감마저 들게 했습니다. 머리 손질이 끝나고 카운터에서 휴대전화 번호를 확인해서 집에 오는 길에 전화를 걸었습니다. 다행히 한 번에 전화를 받았습니다.

"안녕하세요, 부원장님. 저예요. 오랜만에 머리 자르러 갔는데 퇴직하셨다고 하셔서 전화드렸어요?"

"아, 네. 그렇습니다."

"아니, 짧은 기간도 아니고 6년 동안 제 머리를 잘라주셔서 감사인사를 드리려고 전화드렸어요."

"아, 예. 알겠습니다."

"네, 그럼 새롭게 시작하는 일도 잘 되시고 성공하시기를 바라겠습니다. 안녕히 계세요."

"아, 네."

나는 통화가 끝나고 수화기 너머 반가워하는 목소리를 기대했던 것과는 달리 약간은 귀찮은 듯한 아무런 감정이 없는 목소리에 많은 실망감을 느꼈습니다. 다른 미용실을 이용하면서 미안함을 느꼈던 내가 어리석었다는 생각이 들었습니다.

집으로 돌아와 아내에게 이런 나의 속마음을 얘기했습니다. 아내에게 돌아온 건 핀잔이었습니다.

"당신 오지랖도 넓지. 그만두었으면 그런가 보다 하면 되지, 뭘 전화해서 그런 얘기를 해."

"아니, 나는 그래도 오랫동안 내 머리를 담당하면서 친해져서 그만두었다고 하니 서운하기도 하고 고맙다는 말을 하려고 했지!"

"그 사람은 다 장삿속으로 그런 거지, 손님이 한두 명도 아니고."

이 일로 인해 그동안 내가 사람들과 관계를 맺어오면서 상처받고 힘들어했던 것, 불편함을 만들었던 것의 이유를 생각하게 되었습니다.

상대에게 지나치게 친절하고 의미 있게 다가서는 것도 문제이지만, 상대에 대한 과도한 기대도 문제가 될 수 있다는 것을 알았습니다. 마음이 서운하고 속상한 것도 나의 기대고, 나의 마음일 뿐입니다. 이제부터는 상대의 기대보다는 내 마음이 가는 대로 선택하고 행동하며 불편함을 느끼지 않는 연습을 해야 할 것 같습니다.

남을 알지 못함을 경계하라

아침에 일어나 아이들 등교를 위해 아내를 깨웠습니다. 아내는 침대에서 몸을 뒤척이기만 하고 일어날 기미가 안 보였습니다. "왜 많이 아파?"라고 묻자, 아내는 "여보, 나 오늘 이상하게 너무 힘들어. 어떻게 하지?" 다 죽어가는 목소리로 말했습니다. 불현듯 아내가 최근에 지인의 추천으로 얼떨결에 동사무소 주민자치위원이 되어 여기저기 행사에 쫓아다니며 힘들다고 투덜대던 것이 떠올라 아내에게 일침을 가하듯 한마디 했습니다.

"그래, 이제 동네 행사에 그만 나가. 무리해서 늦게까지 다니니까 힘든 거야."

"그런데 주민자치위원회 얘기는 왜 하는 거야? 행사에 참석 안 한 지 꽤 됐는데!"

아내는 퉁명스럽게 대답했습니다. 아내의 싸한 반응에 뭔가 분위기가 이상하게 흘러가고 있다는 것을 감지했습니다.

"그럼 일어나지 말고 좀 더 쉬고 있어."

나는 분위기를 바꿔볼 생각으로 아무 말도 못 들은 척하고 얼른 말을 돌렸습니다. 하지만 아내의 표정을 보니 때가 늦었다는 생각이 들었습니다. 아내의 눈빛은 익숙한 메시지를 보내고 있었습니다.

'저렇게 눈치가 없을까. 내가 그런 얘기를 듣자고 몸이 아프다는 말을 했을까?'

그 눈빛은 각성제가 되어 잠깐 잊고 있었던 어제의 일을 떠올리게 했습니다. 아내는 어제 처남이 기른 채소를 얻어와 온종일 다듬고 반찬을 만든다고 부엌일을 했는데, 그걸 잊고 있었던 것입니다. 악화된 상황을 어떻게든 만회하려고 내가 아침을 준비하겠다고 해도 아내는 들은 척도 하지 않고 일어나 딸을 학교에 보내고 다시 침대에 누웠습니다. 아내 곁으로 다가가 많이 아프냐고 물어도 아내는 퉁명스럽게 괜찮다고 말하며 반대로 돌아누웠습니다.

평소 아내는 이해심이 많고 무던한 편입니다. 남편이 술을 마시고 늦게 들어오거나 약속을 지키지 않아도, 집안일을 도와주지 않아도 웬만하면 잔소리를 하지 않습니다. 그런데 요즈음 말 한마디에 예민하게 반응하거나 자주 토라지고 서운해합니다. 한번은 이런 아내가 이해되지 않아 왜 그런지 이유를 물었습니다. 아내는 갱년기가 오면 예민해진다며 그냥 지켜봐 달라고 부탁했습니다. 하지만 그 얘기를 기억하지 못하고 아내의 민감한 반응만 신경 쓰며 서운해할 때가 많았습니다. 아내의 상태를 이해하고 기억하기보다는 여전히 나를 이해해주고 알아달라고 한 것이죠.

공자는《논어》〈학이學而〉편에서 이렇게 말했습니다.

"남이 너를 알아주지 않음을 두려워하지 말고, 네가 남을 알지 못함을 경계하라."

오십이 넘어서도 여전히 아내와의 소통과 관계에 미숙한 저에게 일침을 가하는 말인 것 같습니다. 젊을 때는 누군가 나를 이해해주고 알아주고 인정해주기를 바라지만, 살아보니 내가 상대방을 이해하고 기억해주는 것이 관계와 소통에 더 중요하다고 생각됩니다.

나이 들수록 코치가 필요하다

열심히 하면 안 되는 것이 없다고들 얘기합니다. 하지만 더 중요한 것은 '어떻게 열심히 하는가'입니다. 골프를 시작한 지 15년이 넘었지만 골프 수준은 몇 개월 안 되는 골린이(골프+어린이)입니다. 처음 골프를 시작하고 2개월 정도 레슨을 받았고, 바로 필드에 나간 이후로 바쁜 직장생활을 핑계로 골프를 거의 하지 않았습니다. 정확하게 말하면 골프에 크게 흥미가 없었습니다. 그렇게 몇 년을 보낸 뒤 직장생활을 그만두고 여유시간이 생겨 1개월 정도 레슨을 받으면서 골프를 다시 시작했습니다. 그렇다고 아내 눈치를 보며 거짓말을 하고 필드에 나갈 정도로 몰입골프를 한 것은 아닙니다. 1년에 한두 번 가물에 콩 나듯이 정말 친한 지인들과 나가는 것이 전부이니 골프 실력이 늘지 않는 것은 당연합니다. 이렇게 레슨도 받지 않고 연습도 안 하면서 무슨 배짱인지 필드에 나갈 때마다 '골프는 멘털 게임이야, 집중하면 잘할 수 있어'라고 자기암시를 하지만 '혹시' 했던 결과는 항상 '역시'였습니다.

가끔은 독한 마음을 먹고 연습장에 가서 열심히 연습하지만 스윙을 한 건지 장작을 팬 건지 온몸이 두들겨 맞은 듯 아프기만 하고, 무엇이 잘못되었는지 모른 채 돌아오기를 반복합니다. 도저히 안 되겠다 싶어 아파트 단지 내 골프 연습장에서 레슨을 등록했습니다. 레슨 프로는 가장 기본적인 것에 문제가 있다고 지적했습니다. 공과 몸의 거리가 가깝고 골프클럽을 너무 높이 든다는 것입니다. 몇 가지 기본적인 자세를 교정하자 스윙할 때 예전과는 느낌이 완전히 달라졌습니다. 물론 일관성을 유지하기 위해서는 개인적인 연습이 필요하지만, 무엇이 문제인지 알게 된 것만으로 큰 수확이라고 할 수 있죠.

드디어 현장에 적용할 기회가 왔습니다. 드라이버가 매번 문제였는데 실수도 줄었고, 실수할 때마다 무엇을 교정해야 하는지 아는 것만으로 도움이 되었습니다. 혼자 연습할 때는 아무리 연습하고 또 연습해도 몰랐던 문제점을 레슨 프로의 코칭을 몇 번 받고 나서 개선되니 나의 문제를 객관적으로 보고 교정해줄 수 있는 코치는 반드시 필요한 것 같습니다.

젊은 시절, 궁금하거나 부족한 것이 있으면 부끄럼 없이 그 분야의 고수를 찾아다니며 배움의 길을 걸었던 것은 내 성장의 디딤돌이었습니다. 일이 끝난 뒤 고단함을 무릅쓰고 먼 거리를 운전해 학교에 가서 주경야독하고, 유료로 운영하는 교육과정을 거금을 들여 수강하던 시절이 있었습니다. 그러나 나이 들고부터 누군가에게 배우는 것이 나의 부족함을 드러내는 수치스러움으로 생각하기도 하고, 가르치는 사람의 존재가치를 폄하하는 건방을 떨기 시작했습니다.

늙는다는 것은 무엇일까요? 아마도 배울 수 있는 사람보다 자신이 가르칠 사람이 많다고 착각하여 배움을 멈추거나, 자기를 객관적으로 보고 평가하고 자극해줄 수 있는 기회로부터 멀어져 블라인드 스팟(맹점, 약점)이 많아지는 것이 아닌가 생각됩니다. 중년 이후 남은 삶에서 성장과 변화를 원한다면 나를 거울처럼 정확하게 비춰줄 수 있는 코치가 필요합니다. 가장 현명하고 지혜로운 코치는 역시 아내가 아닐까요?

온전하게
시간을 보내기

특별한 일정이 없는 날 아침, 책상에 앉아 무엇을 할까 생각하다 미루고 있던 방송통신대학교 과제가 생각났습니다. 오늘 하루는 시간을 투자해서 3개의 과제를 해결하기로 계획하고 의욕을 불사르며 시작했습니다. 머릿속에 떠오르는 다른 할 일과 잡생각을 과감하게 뒤로하고 과제에만 집중했습니다. 그렇게 몇 시간이 흐르고, 서로 신뢰하며 오랫동안 관계를 맺어온 컨설팅회사 대표이자 후배에게 '오늘 점심 식사 같이 하는 거 어떠세요?'라고 문자메시지가 왔습니다. 어떻게 해야 할지 고민되었습니다.

'오늘 과제를 다 끝내기로 했는데 점심을 같이 먹게 되면 시간이 늘어져 오늘 끝내기 힘들 텐데.'

평소 나라면 '오늘은 어려울 것 같은데 다음에 보자'라고 바로 응답합니다. 한번 무엇을 해야겠다고 마음먹고 계획하면 잘 변경하지 않는 경향이 있습니다. 이런 얘기를 하면 사람들은 대단한 의지를 갖고 있다거나, 그렇게 해야 뭘 하든 제대로 하고 성공한다며 칭찬하거나 부러워합니다. 하지만 실상은 그렇지 않습니다. 부모님이 어디 바람 쐬러 가자고 하면 오늘 시험공부를 해야 한다며 집에 있겠다고 해놓고 엉뚱하게 시간을 낭비하고 후회하는 경험이 있을 겁니다. 내가 딱 그런 스타일입니다.

이번에는 큰 결심을 하고 과제를 중단하고 과감하게 점식 약속에 가기로 결정했습니다. 서울에서 사무실을 운영하다 우리 집에서 가까운 곳으로 이전했는데 한 번도 가보지 않은 미안함도 있었습니다. 하지만 더 큰 이유는 따로 있습니다. 내일로 미룰 수 있는 계획조차도 한번 정하면 바꾸지 못하고 얽매이며 시간만 낭비하고 결국 후회하는 악습관에서 벗어나고 싶었습니다.

아내가 만들어 놓은 블루베리잼과 과일을 사 들고 후배 사무실을 방문했습니다. 점심을 먹고 3시까지는 집에 돌아오는 일정을 잡고 출발했습니다. 후배는 산속에 위치한 단독주택을 임대해 사무실 겸 집으로 사용하고 있었습니다. 같이 점심을 먹고 이런저런 얘기를 하다 정해놓은 귀가 시간이 다가오자 마음이 조급해지면서 머리가 복잡해졌습니다.

'빨리 가서 오늘 끝내기로 한 과제를 다 하는 게 어때? 그래야 여유 있게 주말을 맞이하지. 아니야, 오랜만에 만났는데 이야기도 더 하고 같이 시간을 더 보내는 게 어때?'

이런저런 생각이 교차했지만 계획을 중단하고 오늘 이곳에 온 것처럼 이번에도 역시 기존의 틀을 깨고 후배와 더 대화를 나누기로 결정했습니다. 후배와 많은 이야기를 나누었고, 아직까지 한 번도 드러내지 않았던 서로의 가정사 이야기까지 나누며 온전한 시간을 보냈습니다. 집에 돌아오니 오후 5시, 오늘 또 하나의 도전에 성공했습니다.

어떤 이들은 나의 이런 얘기들이 하찮거나 별거 아닌 가벼운 것으로 치부할 수 있습니다. 하지만 나처럼 할 일에 대한 걱정과 불안 때문에 다른 사람을 위해 시간을 내고 제대로 대화에 집중하지 못하거나, 하던 일에서 다른 것으로 쉽게 전환하지 못하는 사람들은 이해될 것입니다. 오십 이후의 삶은 어쩌면 큰 변화가 아닌 자신을 불편하게 만들던 작은 것들을 바꾸면서 온전하게 시간을 보내는 노력이 중요할 것 같습니다.

나는 누구의 전문가인가?

유튜브를 보다 배우 최민수의 아내 '강주은'이 한 공개방송에 나와 행복에 대해 얘기하는 장면에서 멈췄습니다. 두 사람의 결혼 스토리는 최민수의 독특한 캐릭터만큼이나 일반적이지 않았습니다. 그녀는 행복 비결에 대해 자신이 전문가이기 때문이라고 해서 의아해했습니다. 물론 특정한 영역에 전문성을 갖고 있으면 선택의 폭이 넓어지고 통제력과 자기 효능감이 높아져 더 행복할 수는 있습니다. 그런데 그녀가 말하는 전문가는 다른 의미였습니다.

"오늘 보니까 너무 많은 전문가가 계셔서 굉장히 쑥스럽습니다. 저는 전문가도 아니고 정식적인 카운슬러도 아니지만 딱 하나 자신 있게 얘기할 수 있는 것은 제가 남편의 전문이라는 거예요. 최민수의 전문은 저라는 생각이 들어요. 23년을 같이 살면서 이렇게 됐으니 박사는 땄다고 생각이 들어요."

전해지는 얘기를 들어보면 부부는 불같은 사랑을 했고 어린 나이에 결혼하여 살면서 많은 갈등과 어려움 그리고 이혼의 위기를 경험했습니다. 그녀는 그것을 극복하는 과정에서 자신과 전혀 다른 가치와 신념을 가진 최민수와 공존하며 살아가는 방법을 터득했다는 의미로 이해됩니다. 자신이 겪었던 어려움들을 희화화하는 강주은의 얘기에 청중들은 웃었습니다. 하지만 나는 '난 최민수의 전문은 저라고 생각이 들어요'라는 말이 머릿속을 맴돌며 여러 가지 생각을 떠올렸습니다.

그동안 가장으로서 밥벌이를 위해 열심히 살면서 책임을 다한다고 생각했습니다. 직장에 다니면서 영업을 할 때는 고객의 마음을 훔쳐 계약을 성사시키는 영업 전문가가 되기 위해 노력했습니다. 그리고 늦은 나이에 공부를 시작해서는 대부분의 주말을 반납하고 많은 시간을 헌신하며 한 영역에서 박사 학위까지 받으며 리더십 전문가로 성장했습니다.

하지만 가정에서는 남편과 부모로서 아내와 아이들에게 헌신하며 전문가가 되었다고는 자신할 수 없습니다. 또 그렇게 돼야 한다고 생각해본 적도 없습니다. 중년 이후 삶의 행복에 많은 영향을 미치는 것은 결국 관계입니다. 하버드대학의 유명한 행복과 성공에 관한 75년간의 연구에서 일관된 결과를 볼 수 있는데, 팔십 세까지 건강하고 성공적인 삶을 산 사람들의 유일한 척도는 지성이나 계급이 아니라 좋은 관계였습니다.

오십 대 이후 관계를 회복하고 행복한 삶을 살기 위해서는 소중한 사람에 대해 전문가가 되려고 노력해야 합니다. 이제부터라도 소홀했던 아내와 아이들에게 관심을 갖고 선호하는 것은 무엇이고 싫어하는 것이 무엇인지 기억하고 배려해야겠습니다.

아버지,
이제 잘 들어드릴게요

언젠가 한 선배로부터 이런 얘기를 들었습니다.

"결혼하고 나서 특별한 일도 없는데 남자가 혼자 본가에 가면 아내가 오해하거나 서운해할 수 있어. 나도 아무 생각 없이 혼자 본가에 갔는데 아내가 시부모님이 자기를 어떻게 생각하겠느냐고 따지고 들어서 결국 부부싸움을 했거든. 그리고 부모님도 혼자 가면 부부 사이에 무슨 일이 있어서 온 줄 알고 불안해하시니까 조심하는 게 좋아!"

이 얘기에 어느 정도 공감이 가서 웬만하면 본가에 혼자 가지 않기로 했습니다. 하지만 오십이 넘으면서 부모님 건강도 걱정되고 불현듯 보고 싶기도 해서 아내에게 얘기하거나 구실을 만들어 1년에 몇 번 정도는 본가에 혼자 가기 시작했습니다. 작년 연말에는 몇 년을 참석하지 않던 초등학교 동창회를 핑계로 혼자서 본가에 갔습니다. 어머니는 예고 없이 나타난 큰아들 모습에 반가워하시면서도 불안한 기색이 역력했습니다.

"집에 무슨 일 있냐?"

"그냥 엄마 보고 싶어 왔어요. 이상하게 요즈음 엄마가 많이 생각나네"라며 너스레를 떨고 저녁에 초등학교 동창회가 있어서 왔다고 하니 안심하시는 듯 얼굴이 밝아졌습니다. 방에 계시던 아버지도 내 목소리를 듣고 나오셔서 소파에 앉으시며 한마디 하셨습니다.

"별일 없니?"

"아버지, 건강은 어떠세요?"

"이제 다 됐지 뭐. 성한 데가 없어!"

아버지의 옆자리 앉으면서 마음속으로 '아, 이제 시작하시는구나!' 하고 생각했습니다. 몇 해 전부터 아버지는 건강에 대해 물어보면 머리부터 발끝까지 아픈 부위가 어디인지, 어떤 약을 드시는지 세세하게 설명합니다. 나이가 들면 다시 어린애가 된다는 얘기가 무슨 말인지 알 것 같습니다. 아이가 어디 아프거나 무슨 일이 있으면 엄마를 쫓아다니며 미주알고주알 얘기하고 응석을 부리는 것처럼 아버지도 당신이 아프고 힘들다는 것을 인정해주기를 바라는 것이죠. 자식으로서 부모님의 얘기를 잘 들어드리고 아픔을 같이 나누는 것이 도리입니다. 하지만 내 삶의 무게조차 감당하기 버거워 지쳐 있을 때는 아버지의 길고 반복되는 하소연을 들어드리는 건 솔직히 힘듭니다. 그래서 때론 아버지에게 "원래 나이 들면 다 그렇게 아픈 거예요. 아버지처럼 건강에 너무 신경 쓰면 더 아파요"라고 아무렇지도 않은 듯 무심하게 얘기하기도 했습니다.

그런데 오늘 아버지의 얼굴을 보고 있자니 유난히 가슴이 짠했습니다. 그리고 나의 학창 시절 중년의 아버지와 지금 바로 내 앞에 앉아 있는 노년의 아버지 모습이 오버랩되면서 묘한 감정이 느껴졌습니다. 중년의 아버지는 항상 에너지가 넘치고 당당하셨고, 억울한 일을 당하면 반드시 해결해야 직성이 풀렸고, 다른 사람에게 아쉬운 얘기하는 것을 무엇보다 싫어하셨습니다. 그런데 노년의 아버지는 자식에게 당신이 아픈 걸 알아달라고 몇 시간씩 얘기하고 있습니다. 그래서 마음속으로 이렇게 다짐했습니다.

"그래, 오늘은 끝까지 들어드리자. 아버지가 '우리 아들이 나를 진심으로 이해하려고 노력하는구나. 내 얘기를 들어줘서 고맙다, 아들아'라고 생각이 드실 정도로."

평소와 다르게 아버지와 눈을 맞추고 얘기를 들으며 아버지의 마음속으로 들어가려고 노력했습니다.

"그러게요, 얼마나 힘드시겠어요. 제가 병원에 모시고 가지 못해 죄송해요. 제가 가까이 살면 병원도 모시고 다닐 텐데."

그렇게 2시간이 넘도록 아버지의 얘기를 듣고 나니 최근 들어 가장 생기 있고 밝은 아버지의 표정을 볼 수 있었습니다.

"뭐 어쩌겠냐? 나이 먹으면 고쳐가며 사는 거지! 나는 네가 현재 하는 일 잘하면서 특별한 일 없이 살면 그걸로 만족한다. 지금은 내가 거동할 수 있으니까 알아서 할 테니 걱정하지 마라."

초등학교 동창회 모임이 있는 장소로 이동하면서 이런 다짐을 했습니다.

'제대로 병원도 모시고 다니지 못하면서 이야기를 들어드리는 게 뭐 그리 어려운 일이라고. 앞으로 진심을 다해서 아버지의 얘기를 들어드리자.'

오십이 넘어서도 여전히 밥벌이한다고 자주 찾아뵙지 못하고 있습니다. 한번 찾아뵐 때라도 부모님의 말씀을 온전하게 들어드려야겠습니다.

너무 애쓰지 않아도 돼!

서로 관심을 갖고 물어보고 들어주며 이야기하면 마음이 가벼워지고 치유됩니다. 하지만 때론 그냥 묵묵히 지켜보는 것이 더 도움이 될 때가 있습니다.

내 일거리가 줄어들자 아내가 불안하다며 마트 일을 시작했습니다. 처음에 아내가 마트에 일을 나간다고 할 때 몸도 약하고 신경이 예민한 편이어서 만류하고 싶었습니다. 하지만 목구멍이 포도청이라고 그냥 알아서 하라고 하면서 모른 체했습니다. '조금 하다 힘들면 그만두겠지' 하는 생각도 했습니다.

아내가 일을 시작한 지 얼마 안 돼서 너무 힘들어하는 것 같아 물어봤더니 육체적으로 피곤한 데다 업무를 알려주는 사람이 자기를 무시하는 것 같아 자존심이 상한다며 더 이상 말을 하지 않았습니다. 아내가 계속 힘들어하는 모습을 지켜보고 있자니 마음이 불편했습니다. 결국 아내에게 많이 힘들면 그만두는 게 좋겠다고 말했지만, 이제 적응하기 시작했는데 그만두기 아깝다며 계속 다니겠다고 고집을 부렸습니다.

아내는 힘들다며 투덜거리면서도 일을 계속했습니다. 하지만 표정은 여전히 어둡고 말수마저 줄어들어 옆에서 지켜보고 있는 내 마음은 가시방석에 앉은 것 같았습니다.

"무슨 일 있어? 많이 힘들면 그만두지."

때로는 안마도 해주고 집안일을 거들며 노력했습니다.

"됐어, 얘기는 해서 뭐해. 그냥 내버려 둬!"

아내는 뭐가 불만인지 참견하지 말라며 피하기만 했습니다.

얼마 전 아내가 퇴근해서 말을 안 하고 시큰둥하고 있어서 왜 그러냐고 물었습니다. 그러자 허리가 아프다며 방으로 들어갔습니다.

"허리가 아프면 병원을 가야지. 그렇게 힘들고 어려운데 일을 꼭 해야 돼? 차라리 그만두라고. 나도 당신이 일하면서 마음이 더 불편하고 힘들다고."

나는 방으로 쫓아 들어가 따지듯이 아내를 몰아세웠습니다.

"내가 왜 일을 다니는지 진짜 몰라서 그러는 거야? 그냥 내버려 두라고. 당신 마음이 불편하다고 자꾸 이런저런 얘기하지 말고, 집에 있는 것보다 일하는 게 더 좋으니까 하는 거야."

아내의 반응에 더 이상 대화가 힘들 것 같아 내 방으로 돌아왔습니다. 그렇게 며칠이 지나고 아내는 아무 일 없다는 듯이 이전의 모습으로 돌아왔습니다. 젊은 시절 문제나 갈등 해결 방식은 직접 마주하고 대화를 통해 해결하는 것이 최고의 방법이라고 생각했습니다. 그리고 그 문제나 갈등이 누구로부터 비롯됐는지와 관계없이 내 마음의 불편함이 있으면 겉으로 끄집어내서 해결해야 했습니다. 이런 나의 스타일 때문에 모임에서 해결사 역할도 하고 리더십이 있다는 얘기도 들었습니다. 하지만 때로는 묵묵히 지켜보고 스스로 자기치유와 회복을 하도록 기다리는 것이 관계의 문제와 갈등을 해결하는 좋은 방법입니다.

언젠가 딸에게 상처 주는 말을 한 후 사과하고 마음을 풀어주려고 노심초사하는데 딸이 나에게 이렇게 말하더군요.

"아빠, 너무 그렇게 애쓰지 않으셔도 돼요. 저 스스로 그 정도는 이해하고 극복할 수 있어요."

때론 감정에 따르기

군대 제대한 지 30여 년이 지났는데 아직도 가끔 술 한잔하는 유일한 군대 동기가 한 명 있습니다. 한국 기업의 해외지사에 나가 있어서 만나지 못한 지 8년이 넘었는데, 국내에 출장 온다며 만나자고 연락이 왔습니다. 대기업 임원이면 오랜만에 입국해서 만날 사람도 많고 일정도 빠듯할 텐데 나를 위해 시간을 비워두었다는 것에 너무 고마웠습니다.

약속을 앞둔 며칠 동안은 만날 생각에 가슴이 설레고 옛 기억들이 떠올랐습니다. 군대 시절 휴가 나와서 여행을 같이 다닐 정도로 찐 동기였습니다.

그렇게 들뜬 마음으로 동기와 만나 그동안 살아온 얘기와 해묵은 군대 시절의 추억을 끄집어내어 술안주 삼아 "그렇지. 맞아, 맞아. 그때 그랬지" 하며 연신 맞장구를 치며 대화를 나누는 그 자체가 힐링이었습니다.

귀가 시간을 10시쯤으로 생각하고 나왔는데 오랜만에 만나 추억을 더듬다 보니 시간이 순삭하는 느낌이었습니다. 오랜만의 회포를 풀기에는 1차로 부족해서 2차를 위해 다른 장소로 이동했습니다. 결국 예정했던 귀가 시간을 넘겼고, 마음은 흔들리기 시작했습니다. 오랜만에 만났는데 막차를 타고 갈 것인가, 아니면 지금 일어날 것인가.

이런 상황에서 사람들은 각기 다른 결정을 합니다. 시간에 구애받지 않는 사람, 자기가 처음에 정한 계획대로 행동하는 사람, 이것도 저것도 신경 안 쓰는 사람이 있습니다. 나는 처음에 정한 계획대로 움직이는 것이 마음 편합니다. 이것은 후회를 줄이려는 긍정적인 의도가 있습니다.

얼마 전 한 기업의 교육부서장과 함께 멀리 출장 강의를 가서도 비슷한 경험을 했습니다. 강의를 끝내고 집으로 이동하려고 하는데 부서장이 "시간 되면 오늘 바닷가에서 회에다 소주 한잔하시고 내일 아침에 올라가시죠?"라고 제안했습니다. 조금 당황하긴 했지만 나를 그만큼 신뢰한다는 의미로 받아들여져 기분은 좋았습니다. 하지만 쉽게 결정할 수 없었습니다. 오랜만에 바닷가에서 여유를 느껴보는 것도 좋은 기회이지만, 계획에 없던 술자리를 갖는 것은 나에게는 어려운 결정이기 때문입니다. 결국 원래 계획대로 집으로 가기로 했습니다. 하지만 집으로 가는 길에 마음이 더 심란했습니다. 집에 가봐야 특별히 할 일도 없고 다음 날 일정도 없는데 다른 선택을 하지 못한 것에 대한 아쉬움 때문입니다.

군대 동기와의 만남에서는 작은 일탈을 선택했습니다. 이성이 아니라 감정을 따르기로 한 거죠. 예정에 없었지만 군대 동기와 시간을 더 갖고 싶은 마음을 따르기로 했습니다. 아내에게 전화를 걸어 8년 만에 만나는 군대 동기와 더 시간을 보내고 동기가 머무는 호텔에서 자고 다음 날 가겠다고 말했습니다.

아내는 흔쾌히 허락해주었습니다. 평소에 "당신은 유연해져야 해, 너무 고지식해"라며 오히려 일탈을 권했던 아내의 의도가 담겨 있음을 알고 있습니다. 아내의 허락으로 3차로 치맥을 하고 편의점에 들러 간단한 안주와 술을 사서 호텔까지 가서 이야기 꽃을 피웠습니다.

나와 반대편에 있는 사람도 있을 겁니다, 이성과 계획보다는 감성과 즉흥적인 것을 더 중시하는. 어느 것이 옳고 그르다는 할 수는 없습니다. 다만 오십 이후의 삶은 자기와 다른 편에 있는 나를 경험할 때 더 넓어질 수 있다고 생각합니다.

소중한 사람들에게 집중하기

사무실 주변 식당에서 TV 뉴스를 보며 혼자 점심을 먹다 갑자기 나 자신이 측은하다는 생각이 들어 울컥했습니다. 물론 요즈음 1인 가구 증가로 혼밥하는 사람들의 모습이 일상화되고 있지만 혼자 밥을 먹고 일하는 것이 외롭고 쓸쓸함을 넘어 씁쓸함까지 느껴질 때도 있습니다.

직장을 나와 혼자서 활동한 지 10여 년이 지났지만, 과거에 직장 동료들과 부대끼며 함께했던 시간의 흔적과 느낌들이 꿈틀거리며 되살아나기도 합니다. 심지어 가끔 직장 동료들을 꿈에서 만나기도 합니다. 직장 동료들과 함께 어울리는 것을 좋아했던 나는 퇴사 후 한동안 관계의 단절에서 오는 외로움을 견디지 못해 금요일 저녁이면 옛 동료들을 만나 술자리를 자주 가졌습니다. 오랫동안 나의 시간과 에너지를 쏟고 스토리를 공유했던 사람들과 이별하는 것에 대한 아쉬움, 그리고 내 정체성의 많은 부분을 차지했던 살점 같은 관계를 도려내야 하는 현실을 부정하거나 늦추고 싶었던 것입니다.

지난 연말에는 한동안 만나지 못했던 옛 직장 동료들을 밀린 숙제하듯 다시 만났습니다. 잦은 술자리를 가지면서 몸에서 먼저 반응하기 시작했습니다. 피곤함이 깊게 밀려오고 에너지가 떨어지고 마음이 피폐해지는 느낌마저 들었습니다. 그들을 만나서 떠들고 이야기할 때 생기는 활력보다는 헤어진 후 혼자서 돌아오는 길에 느껴지는 허탈함이 더 크게 느껴졌습니다.

직업인과 직장인이라는 것, 그리고 이제는 서로 깊이 공감할 수 없는 이야기의 간극이 만들어낸 불편함 때문일 겁니다. 그런데 문제는 소중한 추억에 대한 그리움의 허기를 채우기 위해 옛 직장 동료들을 만나면 만날수록 오히려 그 허기는 채워지지 않고 공허함만 더 커졌습니다.

그래서 이제 다짐해봅니다. 내 마음속에 있는 직장의 기억과 사람들을 지워야겠다고. 기억하지 않고 연락도 없는 사람들을 만나 '난 아직도 당신들을 기억하고 있어요. 난 소중한 추억과 관계를 쉽게 버리지 않는, 변함없는 괜찮은 사람이에요'라는 것을 증명해 보이려는 시도를 그만두기로 했습니다. 공간과 시간을 공유하지 않는 시간이 오래되면 서로 잊히는 것을 자연스럽게 받아들여야겠습니다.

이제는 곁에 있는 소중한 사람들을 더 많이 생각하고 에너지를 쏟을 생각입니다. 더 많은 시간을 같이하게 된, 그리고 더 많은 시간을 같이하게 될 사람들을 위해 과거의 사람들을 과감하게 떠나보내야 할 것 같습니다. 가족, 친구들 그리고 바로 곁에서 나를 응원하고 도움을 주는 사람들에게도 더 집중해야겠습니다.

거리를 두는 연습

핑계지만 직장 시절 주중에는 야근과 술자리로 늦게 들어오고, 주말이면 피곤에 지쳐 침대와 씨름하느라 아이들에게 살갑게 대하며 같이 시간을 보내지 못했습니다. 직장을 그만두고 그동안 소원했던 아이들과 시간을 보내기 위해 먼저 다가가 대화하려고 노력했습니다. 하지만 깨달은 것은 내가 아이들을 대하는 방식이 오히려 불통을 만들고, 아이들을 어색하고 불편하게 만든다는 것이었습니다. 어느새 훌쩍 커서 사춘기를 맞이한 아이들은 다가갈수록 자기만의 동굴로 들어가 버렸습니다.

오십이 넘으면서 유튜브에 나오는 개와 고양이 영상을 즐겨봅니다. 반려동물을 키우지는 않지만 개와 고양이가 꼬리를 흔들며 견주와 집사에게 애정을 표현하는 장면을 보면 묘한 감정이 느껴집니다. 가까이 하기엔 너무 먼 아이들 대신, 영상 속 반려동물의 주인이 되어 대리만족을 느끼는 것 같습니다.

우연히 텔레비전에서 반려동물로 너구리를 키우는 사람의 고민을 다루는 내용을 봤습니다. 너구리의 주인은 갑자기 안 하던 행동을 하는 너구리 때문에 전문가에게 도움을 요청했습니다. 평상시 주인에게 다가와 애교도 부리고 장난을 치던 너구리가 갑자기 집 안 여기저기로 숨기만 합니다. 너구리는 냉장고 뒤, 가구와 벽 사이, 심지어는 부엌 가구 안까지 어둡고 틈이 있는 곳으로 들어가 나오지 않습니다. 주인은 너구리가 사라질 때마다 찾아다니며 숨은 곳에서 밖으로 끌어내 곁에 두려고 하지만, 너구리는 그런 주인의 손길을 피하기만 합니다.

전문가는 너구리의 행동을 관찰한 후 너구리가 반항을 하고 어두운 곳으로 자꾸 숨는 것은 사람과 유사한 사춘기 증상이라고 결론을 내렸습니다. 너구리의 주인은 전문가가 제시한 솔루션대로 아파트 베란다에 빛을 피해 숨을 수 있는 놀이 공간을 만들어주고, 너구리에게 주었던 애정과 관심을 중단합니다.

이렇게 너구리를 대하는 방식과 환경을 바꾸고 어느 정도 시간이 흐르자 놀랍게도 도망만 다니고 숨기만 하던 너구리가 슬금슬금 주인에게 다가와 예전처럼 애교도 부리고 장난을 칩니다.

이 영상을 보면서 나와 아이들과의 관계에 대해 많은 생각을 하게 됩니다. 우리 아이들도 방에서 나오지 않고 혼자 있는 시간이 많아졌습니다. 내가 다가가 관심을 보이고 대화를 시도하면 아이들은 더 민감하게 반응합니다. 이런 악순환이 반복되면서 아이들이 나의 마음을 몰라준다는 생각에 서운함만 더 커집니다. 때론 그 서운함을 견디지 못해 방으로 쫓아 들어가 이런저런 훈계를 하며 불편한 나의 감정을 드러내기도 했습니다.

나에게 필요한 건 아이들에게 서투르고 무리하게 다가가 억지로 무엇을 하려는 것보다 자연스럽게 기다리는 노력입니다. 그러기 위해서는 아이들을 이해하고 배려하는 것이 더 필요할 것 같습니다. 자녀와 대화를 많이 하는 좋은 아빠가 되어야 한다는 강박에서 벗어나 아이들의 마음을 살피면서 적당한 거리를 두고 지켜보고 기다리는 연습이 필요합니다.

새로운
나와
마주하는
연습

경로에서
벗어나는 연습

아내가 몇 년 전부터 처가에 갔다 돌아오는 길에 화려한 조명으로 빛나는 남산타워를 가리키며 한번 올라가 보고 싶다고 얘기했습니다.

"결혼 전에 친구하고 가끔 올라가 봤는데 그 후로는 기억에 없어!"

나는 그때마다 다음에 가보자는 빈말도 없이 라디오의 노래처럼 흘려듣기만 했습니다. 매번 전날 과음으로 몸이 피곤하기도 했지만 갑자기 원래 가던 목적지를 벗어나 다른 곳으로 핸들을 돌리기 싫었습니다. 솔직히 말하면 나는 그렇게 하는 게 어렵습니다.

가족여행에서도 이런 나의 성향 때문에 아내와 아이들 하고 가끔 의견충돌이 생깁니다. 목적지로 이동하면서 중간에 괜찮은 곳이 있으면 차를 세우고 풍광도 즐기고 맛있는 것도 먹으면 좋을 텐데 계획대로만 움직입니다. 아내는 참을 만큼 참다가 "뭐가 그리 급하다고 중간에 쉬지도 않고 그냥 가기만 해? 가다가 괜찮은 데 있으면 들러서 구경도 하고 천천히 가면 되지. 누가 기다리는 것도 아닌데! 당신하고 여행 가면 재미도 없고 힘만 더 들어!"라고 투덜거릴 때가 많습니다.

한번은 맛집을 찾아가다 내비게이션 오류로 식사 때가 한참이 지나도록 헤맨 적이 있었습니다. 길을 잘 모르면 차를 세우고 행인에게 물어보면 좋은데 내비게이션 탓만 하며 맛집을 향하는 나의 똥고집에 아내와 아이들은 모두 지치고 배가 고파 민감해졌습니다. 아내는 인내의 한계에 도달한 듯 "이제 지쳤으니 적당한 곳에서 밥 먹지?"라고 짜증을 냈습니다.

"그래도 여기까지 왔는데 아무 데서나 먹을 수 없지. 조금만 더 찾아보자고!"

아내의 말을 무시하고 계속 차를 몰았습니다. 결국 아내가 폭발했고 말다툼만 심하게 하고 밥은 대충 때웠습니다.

이런 비슷한 일을 겪을 때마다 '나는 왜 그럴까? 왜 이렇게 융통성이 없지!'라고 반성하지만, 막상 그런 상황에 또 직면하면 원래의 내 스타일대로 합니다. 마치 목적지만 있고 경유지와 우회 도로가 없이 프로그램된 내비게이션같이 행동하는 거죠. 분명히 그런 나의 행동 뒤에는 긍정적인 의도가 있습니다. 예정된 일정과 정해진 길에서 벗어나면서 경험하는 불안정을 받아들이기 싫은 것이죠.

하지만 새롭고 다양한 삶을 향유하기 위해서는 더 나이 들기 전에 기존의 나의 프레임을 깨야 한다고 생각합니다. 내가 싫어하고 두려워했던 반대편에 있는 나를 만나는 것입니다. 기존에 하지 않았던 행동을 해보고 경험의 레퍼토리를 늘리는 겁니다.

얼마 전 처가에서 돌아오는 길에 아내가 남산타워를 보며 "여보, 지나갈 때마다 한번 올라갔으면 좋겠다는 말을 하는데 매번 그냥 가네!"라며 푸념하듯 얘기했습니다. 나는 아내의 말이 나오자마자 프로그램의 봉인이 해제되듯 "그럴까!" 하고 흔쾌히 핸들을 돌려 남산타워로 향했습니다. 사실 이미 마음의 준비를 하고 있었습니다. 아내의 말만 나오면 바로 방향을 돌리겠다고.

남산 주차장에서 내리자 피로가 가시기에 충분할 정도로 시원하고 산뜻한 밤바람이 몸을 감쌌습니다. "아, 좋네!"라는 말이 자연스럽게 나왔습니다. 우리 가족은 케이블카를 타지 않고 타워까지 걸어 올라갔습니다. 한 계단씩 오를 때마다 땀이 나고 몸이 따듯해졌습니다. 술과 피로에 찌든 몸이 해독되는 듯했죠. 아이들과 아내는 서울 시내의 야경에 취해 연신 "좋네!"라는 말을 하며 타워 밑에서 신나 했습니다.

잠깐의 이탈이 준 뜻밖의 경험과 느낌은 남달랐습니다. 그냥 좋았습니다. 경로에서 이탈한 내가 기특하고 자랑스러웠습니다. 아내는 주차장으로 내려와서는 한껏 고무되어 "여보, 잠깐 들렀을 뿐인데 마치 외국에 온 것 같은 느낌이야!"라고 말했습니다.

집으로 돌아오는 길에 나도 모르게 입가에 씁쓸한 미소를 지었습니다. '잠깐 남산에 들렀다 가는 게 뭐 그렇게 어렵다고. 집에 가서 특별히 할 일도 없는데 그동안 왜 그냥 직진만 했을까?' 잠깐의 여유와 이탈이 주는 생각지도 못한 경험과 의미를 외면한 채 직진만 하며 살아온 나 자신에게 연민이 느껴졌습니다.

'그래, 이제 조금씩 경로에서 벗어나는 연습을 하자. 도착에 대한 집착과 강박을 버리자. 현재 내가 서 있는 곳이 도착지이고, 또 다른 출발지이다.'

의지인가,
상황과 환경인가

고등학생 딸이 머리맡에 책을 놓은 채 불을 환하게 켜놓고 침대에 잠들어 있는 모습을 자주 발견합니다. 불 끄고 편하게 자라고 잔소리를 하면 "자는 게 아니라 잠깐 쉬는 거예요. 조금 있다 일어나서 공부할 거예요"라고 귀찮은 듯 대답합니다. 하지만 딸은 그렇게 아침까지 자는 날이 더 많습니다.

딸의 이런 모습은 내 학창 시절을 떠오르게 합니다. 나는 의욕만큼은 국가대표 수준이었습니다. 마음을 잘 먹지 않는 게 문제지만, 마음만 먹으면 뭐든 다 할 수 있다는 믿음이 있었습니다. 평소에는 빈둥거리고 공부를 게을리하다가도 시험이 얼마 남지 않으면 촘촘하게 계획을 세워 전의를 불태웁니다. 머릿속으로는 며칠 밤을 새우며 공부하는 나를 상상하며 낙관적인 생각을 하죠. 모든 계획이 그대로 실행될 것이라고 굳게 믿습니다.

한마디로 계획오류planning fallacy에 빠지는 겁니다. 자신의 상황과 능력, 그리고 예상치 못한 변수를 생각하지 않고 무리하게 계획을 세우는 것입니다. 초반에는 충분한 시간이 있다고 생각하며 여유를 부리며 시험공부를 미룹니다. 결국에는 임박해서야 시작하는 게 일상이었죠. 결과는 뻔합니다. 숨어 있던 졸음이 게릴라처럼 엄습해오고 잠깐 눈을 붙인다고 누우면 아침이 찾아옵니다. 마치 번개맞은 사람처럼 벌떡 일어나 "망했다"는 말을 한숨과 함께 토해내고 정신없이 학교로 향하곤 했습니다.

시험 기간의 등굣길은 매번 의지와 자제력이 부족했던 지난밤을 후회하는 길이 되었습니다. 시험이 끝나고 하굣길에 '오늘은 독하게 마음먹고 제대로 다시 해보자'는 결의를 다지지만 똑같은 장면이 다시 반복되는 타임루프time loop 영화의 한 장면처럼 전날의 일이 그대로 재연되었습니다.

최근에 다시 한번 나의 의지와 자제력에 뒤통수를 맞는 뼈아픈 경험을 했습니다. 최근에 대출을 받아 집을 장만해서 이사했습니다. 매달 들어가는 고정비를 줄이기 위해 임대하던 사무실을 1년간 없애고 업무 공간을 집으로 변경했습니다. 연구와 작업을 위한 최적의 환경을 만들기 위해 작은방 하나를 별도로 사무실 공간으로 꾸미고 오랜 시간 앉아서 일해도 불편함이 없도록 편한 의자로 교체했습니다. 처음 몇 주간은 집중도 잘 되고 일에 몰입할 수 있었습니다. 하지만 '장소는 중요하지 않다. 마음먹기 나름이다'라는 생각이 착각이라는 것을 깨닫는 데는 그리 오래 걸리지 않았습니다. 공간에 익숙해지고 마음이 편해지니 나태해지고 집중력이 떨어진 겁니다. 더 큰 문제는 집에서 아이들을 볼 때마다 참견하고 잔소리가 늘어나 관계도 악화되었습니다.

의지력의 한계와 배신의 절정은 여름에 찾아왔습니다. 최악의 무더위에 몸은 지치고 에너지가 극도로 떨어졌습니다. 나이 먹고 자신을 제대로 통제하지 못하는 나 자신이 한심하다는 생각에 좌절감과 우울감이 높아졌습니다. 그런 나를 지켜보던 아내는 다시 사무실을 얻어서 출근하라고 충고했습니다. 결국 그렇게 1년간의 시행착오를 경험하고 다시 사무실로 돌아왔습니다.

오십여 년 동안 나를 어려움과 실패로 내몰았던 의지력과 자제력에 대한 지나친 믿음을 아직도 갖고 있습니다. 우리는 생각보다 환경과 상황에 의해 많이 지배받습니다.

칩 힙스와 댄 히스가 저서 《스위치》에서 했던 말이 저에게 위로와 함께 오십 이후의 원하는 삶을 위해 어떻게 해야 하는지를 생각하게 합니다.

"변화는 사람 문제인 것 같지만 실은 상황의 문제인 경우가 의외로 많다."

나는 이제 마음 편하게 의지력과 자제력이 낮다고 커밍아웃합니다. 그리고 오십 이후에 내가 원하는 삶과 변화를 위해 의지력과 자제력을 믿기보다는 상황과 환경을 선택하는 지혜를 발휘하려고 합니다.

원하는 것과
필요한 것

대중 앞에서 강의하는 것은 배우가 연기하는 것과 비슷합니다. 배우가 대사와 표정 그리고 감정을 통해 역할이 실재하는 것처럼 연기하듯 강사는 메시지와 내용에 감정과 느낌을 전달합니다. 많은 고민과 노력을 들여 준비한 강의를 잘 마치면 마음이 홀가분하지만 한쪽에서는 허전함이 밀려옵니다. 일종의 무대 증후군이죠. 때로는 가벼운 술 한잔이 허전함의 빈틈을 채워주는 데 특효약입니다. 그냥 심심하고 할 일이 없어서 마시는 술과는 비교가 안 될 정도로 달콤해서 마음의 보약 같습니다.

과음은 거의 하지 않지만, 기름기가 있는 저녁 반찬만 있어도 술 생각을 할 정도로 애주가입니다. 대중 앞에 서는 직업의 특성상 자기관리를 위해 술을 자제하지만 가끔은 하던 일을 뒤로 제치고 욕구를 따를 때도 있습니다. 그것이 매번 처음 보는 사람들 앞에 서야 하는 긴장감과 평가의 압박에서 벗어나는 탈출구가 되고 활력이 되기도 합니다. 하지만 자주 하다 보면 왠지 모를 불안감이 스멀스멀 올라옵니다. 욕구와 충동에만 충실했을 때 오는 부작용이 아닐까 생각됩니다.

매일 책상에 앉아 글을 쓰다 보면 지루하고 기계를 돌리는 톱니바퀴에 윤활유가 떨어진 것처럼 퍽퍽한 느낌이 들 때가 있습니다. 놀고 즐길 생각보다는 생산적인 일을 해야 한다고 책상 앞에 나를 붙들어 놓고 있는 나 자신에 대해 회의도 느낍니다. 이것은 너무 필요에만 집중하는 데서 오는 부작용입니다.

어느 날 아내에게 "왜 당신은 주말에 나에게 뭐 하자고 말을 안 해? 예를 들어 여행을 가자거나 바람을 쐬러 가자고 말이야!"라고 물었습니다.

"당신은 항상 주말에 뭐 해야 된다고 바쁘다고 하잖아. 그리고 어디에 가도 일 생각하느라 얘기해도 잘 안 듣고 대화도 잘 안 되잖아!"

아내가 포기한 듯 무심하게 던진 말은 내 마음속에 파장을 일으켰습니다.

'나는 삶을 온전하게 즐기며 살고 있지 못하는 것 아닌가? 직장을 나와 직업적 성취와 성공을 위해 필요한 것에 집중해야 한다고 나를 몰아세우며 나의 욕구와 감정은 외면한 채 달려왔던 거야. 가끔 숨통을 트이게 한다고 잠깐의 여유와 충동을 허락하지만, 그것조차도 제대로 즐기지 못하고 있어. 내가 마음이 불편하고 불안한 것은 욕구와 필요가 균형을 이루지 못하기 때문이야.'

누군가 인생을 줄타기와 같다고 말합니다. 나는 욕구와 충동, 필요 사이에서 줄타기를 제대로 못 하고 균형을 잃고 살아온 것 같습니다. 한 변화 전문가는 이를 코끼리와 기수로 표현했습니다. 코끼리는 감정적인 존재이고, 기수는 이성적이고 논리적인 존재입니다. 우리 안에는 기수와 코끼리 둘 다 존재합니다. 기수는 명확한 비전과 방향을 설정하는 역할을 합니다. 코끼리는 감성적이고 본능적입니다. 편안함과 안정감, 그리고 본능과 욕구 충족이 중요한 코끼리가 지배하면 우리는 순간의 기분과 감정에 휩쓸리게 됩니다. 그래서 코끼리를 올바른 방향으로 움직이게 하려면 희망과 비전 그리고 욕구를 충족할 수 있는 기회를 얻을 수 있다고 토닥거려야 한다고 합니다.

오십 이후의 삶에서 원하는 것과 필요한 것의 중용은 행복한 삶을 위해 필요한 것 같습니다. 거창한 버킷리스트가 아닌, 일상에서 자신이 필요로 하는 것이 무엇이고 원하는 것이 무엇인지 리스트로 정리해서 실천해봐야겠습니다.

지속할 수 있는 힘

독한 마음을 먹고 매일 글을 쓰기로 결심했지만, 오래 가지 못하고 매번 중단됩니다. 글을 쓰는 일은 생각을 쥐어 짜내고 체계화하여 나만의 문장을 만들고 색깔을 입히고 반복적으로 수정하는 스트레스가 동반되는 고된 창작활동입니다. 엄두를 내서 글쓰기를 시작하기도 어렵지만 지속하기도 어려운 이유입니다.

나는 꾸준한 글쓰기를 목표로 처음에 저녁 글쓰기를 시작했습니다. 하지만 저녁 글쓰기는 잦은 저녁 약속과 술자리로 실천이 어려워 중단되었습니다. 다시 시간 확보가 쉬운 새벽 글쓰기로 변경했는데 이마저도 너무 피곤해서 며칠 하다 그만두었습니다.

글을 꾸준히 쓸 수 있는 방법과 글쓰기가 중단되는 원인을 찾던 중 습관 관련 책에서 마음의 부담을 줄여주는 것이 특정한 행동을 습관화하고 지속하는 데 중요하다는 것을 알게 되었습니다. 그래서 '매일 글을 쓰자'에서 '일주일에 아무 때나 3회 쓰자'로 목표를 변경했습니다. 실제로 이렇게 가볍게 목표를 바꾸고 나니 어떤 요일에 언제 글을 쓸 것인지 정하지 않아도 꾸준히 주 3~4회는 글을 쓰게 되었습니다. 강의가 없는 날은 오전에, 강의가 있는 날은 저녁에 글을 쓰고 너무 피곤한 날에는 땡땡이도 칩니다. 글이 일사천리로 술술 잘 써지는 날은 일주일 분량을 한꺼번에 쓰기도 하고, 주중에 바쁘고 집중력이 떨어지면 주말에 몰아서 쓰기도 합니다. 이렇게 결과 지향적으로 목표를 세우고 생각을 유연하게 바꾸면 마음도 편하고 부담이 없어 지속하는 근육이 생깁니다.

또 하나는 주제를 한정하지 않는 겁니다. 예전에는 리더십을 주제로 글을 쓰면 리더십에 대한 글만 쓰려고 애를 썼습니다. 하지만 이제는 주제보다는 신문이나 책을 보다 우연히 떠오른 생각, 일상의 경험에서 오는 느낌을 기록하다 보니 더 쉽게 글이 써집니다.

이런 과정을 경험하면서 오십 이후 편안한 마음으로 스트레스 없이 내가 원하는 결과를 얻기 위한 지혜를 하나의 원칙으로 정했습니다.

· 오늘 반드시 해야 할 일은 없다. 정해진 기간 내에 아무 때나 하면 된다.
· 중단되도 다시 시작한다. 중단되는 것은 지극히 정상이다.
· 한 번도 빠지지 않고 계획을 행동으로 옮기는 것은 신의 영역이다.
· 실패는 없다. 피드백만 있을 뿐이다. 실패의 과정에서 배움과 성장이 있다.
· 어쨌든 나 자신을 믿는다.

이 원칙들은 지금까지 변화를 시도하는 많은 과정에서 경험으로 얻은 것들입니다. 무언가를 지속하기 위해서는 심리적 부담이나 중압감을 불러오기보다는 마음을 가볍고 편안하게 할 수 있는 방법을 선택해서 작은 성취들을 만들어가야 합니다. 그래야 자존감과 자기 효능감을 높이면서 더 행복한 성장을 할 수 있습니다. 오십, 뭔가를 지속할 수 있는 자기만의 방법들을 찾는 것이 중요합니다.

오십 이후의 공부

갑자기 처리할 집안일이 있어 혼자서 본가에 갔습니다. 오랜만에 아버지와 마주 앉아 이런저런 얘기를 나누는데 아버지가 갑자기 표정을 바꾸더니 화제를 바꾸셨습니다.

"사실은 너에게 서운한 일이 있는데 얘기하지 않고 그냥 참고 있다."

영문을 모르는 나는 아버지 얘기에 긴장했습니다.

"무슨 일 때문에 그러세요?"

"최근에 네가 집을 샀다고 들었는데 왜 나에게 미리 말하지 않았냐? 인생을 살면서 자기 이름으로 된 첫 집을 갖는 것이 얼마나 중요한데, 나한테는 말하지 않아서 큰아들이 나를 무시하는 것 같아 많이 서운했다."

아버지는 서운함을 넘어 화가 나신 것 같았습니다. 아버지 얘기를 듣는 순간 '아차' 하는 생각이 들었습니다. 나는 전세를 전전긍긍하다 매번 이사를 다니는 것이 번잡하고 힘들어 내친김에 집을 산 거였는데, 아버지 입장에서는 많이 서운할 수 있겠다는 생각이 들었습니다.

"제가 생각이 짧았어요. 미리 말씀 못 드려서 죄송합니다. 제가 나이 먹고도 아직 많이 부족하네요."

집으로 돌아오는 내내 마음이 불편했습니다. 하늘의 뜻을 안다는 지천명이라는 나이에 아직도 사려가 깊지 못하고 단순하고 어른스럽지 못하다는 생각이 들었습니다. 오십 년이라는 세월 동안 많은 것을 경험하고 학습했지만, 아직도 눈앞에 닥친 일들을 판단하고 결정하는 데 여전히 실수가 많습니다. 지금까지 사회적 기대를 충족시키고 밥벌이에 필요한 경험과 학습에만 집중했지 제대로 된 인간이 되는 학습이 부족했기 때문인 것 같습니다.

최근에 한국방송통신대학교 문화교양학과에 편입했습니다. 박사학위까지 있는 사람이 뭐가 부족해서 대학에 다시 들어가느냐고 생각할 수 있지만, 여전히 삶과 관계에 대한 사고의 깊이가 얕고 많이 부족합니다. 나이 오십이 되면서 무엇을 공부해야 할까 많이 고민했습니다. 삼십 대와 사십 대는 빨리 결과를 얻을 수 있고 먹고사는 데 도움이 되는 자기계발과 경영 관련 공부를 주로 했습니다. 그 덕분에 세상의 흐름을 이해하고 적시적으로 대응하고 눈앞에 닥친 일과 관련된 문제를 해결하는 능력은 어느 정도 갖춘 것 같습니다.

하지만 기초를 튼튼히 하지 않고 쌓은 탑이 위태로운 것처럼 속성으로 쌓아 만든 나의 스펙과 그럴듯한 대외적 이미지, 그리고 삶과 인간에 대한 본질적 이해의 부족은 나를 항상 불안한 애어른으로 살아가게 만듭니다.

오십 이후의 공부는 제대로 된 인간이 되고 삶의 지평을 넓히는 진정한 공부가 필요합니다. 더 깊은 사유와 고민을 통해 삶의 전반에 걸쳐 균형적인 시각을 갖고 실력과 품성, 그리고 올바른 태도로 흔들리지 않는 새로운 나를 만들기 위해 노력해야겠습니다.

좋아하는 일을 발견하는 방법

많은 명사와 성공한 사람은 자신이 좋아하는 것을 선택했고, 그것이 행복과 성공으로 이끌었다고 말합니다. 또 어떤 이들은 경제적인 독립을 위해 좋아하는 일보다 잘할 수 있는 일을 해야 한다고 주장합니다. 물론 좋아하면서 잘할 수 있는 일을 하면 금상첨화입니다.

직장인들을 대상으로 강의하면서 이런 얘기를 인용하면 묘한 표정을 짓습니다. 가끔은 "그게 말이 쉬운 거죠. 우리 같은 직딩들은 직장을 그만두지 않으면 불가능한 일인데, 비현실적인 얘기가 아닙니까?"라고 말하는 사람도 있습니다.

나는 종종 좋아하는 일을 하고 있는 사람이 얼마나 되는지 확인합니다.

"현재 좋아하는 일을 하고 있는 분, 손 들어보세요?"

이 질문에 손을 드는 사람은 10퍼센트를 넘지 않습니다. 손을 든 사람들은 다른 사람들의 부러운 시선이 집중됩니다. 그런데 좋아하는 일을 하지 못하며 살고 있다는 것보다 더 중요한 문제가 있습니다. 대부분의 사람이 자기가 무엇을 좋아하는지, 적성이 무엇인지 잘 알지도 못할 뿐만 아니라 확신이 없다는 것입니다.

우연히 본 유튜브에서 디자인을 전공한 한 대학생과 법륜 스님의 대화에서 눈을 뗄 수가 없었습니다.

"제가 진짜로 하고 싶은 일을 찾고자 오래 노력했지만 그런 게 있는 걸까 싶고요. 불교에서 제행무상이라고 하는데 정녕 적성이 있는 건지, 아니면 제가 적성이라는 걸 손쉽게 한번에 찾아내서 편하게 살고 싶어 하는 욕심을 내는 것뿐인가요? 적성이라는 것에 대해서 스님의 말씀을 듣고 싶습니다."

대학생이 말한 제행무상은 세상 모든 행위는 늘 변하여 한 가지 모습으로 정해져 있지 않다는 의미입니다. 한 가지 일이나 의미에 너무 집착하지 말라는 의미로 쓰입니다. 법륜 스님은 질문한 대학생에게 다음과 같이 답해주었습니다.

"적성은 있기도 하고 없기도 해요. 나도 종교인이 적성에 맞아서 하는 게 아니에요. 적성으로 말하면 종교인은 가장 우선순위가 낮아요. 그런데 어쩌다 스님이 되었는데 잘하고 있잖아요. 그래서 나는 성향이 그 직업에서 장기(가장 잘하는 재주)를 만든다고 생각합니다. 나는 원래 대중성이 있습니다. 그래서 종교인으로서 대중을 상대하며 불교의 교리를 쉽게 전파하기 위해 노력하고, 과학적인 것에 관심이 있어 부처님의 가르침도 논리 정연하게 강의를 하잖아요. 무엇을 하든 자신의 특징이 작용하니 너무 고민하지 말고 아무거나 해도 괜찮아요. 본인이 할 게 없어 머리 깎고 스님이 되면 처음에는 불교 공부하다 나중에는 승복 디자인이 문제라고 생각해 새롭게 바꾸거나 사찰의 건축 디자인을 새롭게 하지 않겠어요?"

법륜 스님의 얘기를 말도 안 된다며 치부할 수 있습니다. 하지만 대부분의 사람이 자신이 무엇을 좋아하는지도 모르고 무엇을 잘하는지도 모른 채 고민만 하며 살고 있다는 현실을 고려한다면 법륜 스님의 얘기는 오히려 현실성과 설득력이 있습니다.

과거의 기억을 더듬어보면 나는 대학에 입학할 때 무엇을 좋아하는지 잘하는지 모른 채 부모님의 기대를 충족시켜야 한다는 생각으로 전공을 선택했습니다. 대학 졸업 후 직장에 들어갈 때도 구체적으로 어떤 업종과 직무에 지원해야겠다고 명확히 결정하지 못했습니다. 하지만 직장에 들어가 이런저런 직무를 경험하고 도전하며 무엇을 좋아하는지 발견하고 알 수 있었습니다. 어떤 일을 하든지 나의 즐거움과 자발적 열정을 이끌어낸 교차점이 있었습니다. 그것은 타인과 정보를 공유하고 누군가의 성장을 위해 도움을 주는 것과 관련된 일들이었습니다. 그것들은 무엇을 하든 나의 장점으로 발현되었습니다.

명사와 성공한 사람들이 '좋아하는 일, 잘할 수 있는 일을 하라'는 삭제되고 편집된 메시지 안에 갇혀 있을 필요가 없습니다. 그들은 어떤 이들보다 더 많이 도전하고 부딪히며 경험에서 오는 느낌들을 통해 자신이 무엇을 좋아하는지, 잘할 수 있는지 발견하는 과정을 겪은 사람들이기 때문입니다.

오십 이후 진정으로 좋아하고 잘할 수 있는 일을 하고 싶다면 '내가 좋아하는 것은 무엇인가? 무엇을 잘할 수 있는가?'에 대한 본질적인 질문에 대한 답을 먼저 찾아야 합니다. 그 답으로 이끄는 최고의 길은 생각과 고민이 아닙니다. 경험과 느낌입니다. 그러니 이건 되고, 저건 안 된다는 생각보다는 개방적인 생각으로 나와 조우하는 것들에 감사의 마음을 갖고 경험하고 느껴야 합니다. 그러면 남은 오십 년은 그런 삶을 살게 되지 않을까 생각합니다.

천천히
죽어가는 것

업무적으로 서로 도움을 주고 개인적인 고민까지 얘기를 나누는 직장 선배들과 캠핑을 갔습니다. 유난히 추운 날씨에다 평일이라서 그런지 캠핑족은 우리가 유일했습니다. 캠핑을 주도한 선배는 겨울에 진정한 캠핑의 맛을 느낄 수 있다며 물 만난 물고기처럼 신이 나서 준비해온 짐을 풀었습니다. 글램핑이라서 텐트 설치의 번거로움도 없고 텐트 바닥에 온수 매트가 깔려 있어 밤에도 추위 걱정이 없었습니다.

먼저 급하게 불을 피우고 고기를 구워서 술부터 마시기 시작했습니다. 마음에 맞는 사람들과 산속에서 좋은 공기를 마시며 함께하니 분위기에 취해서 술이 그야말로 술술 들어갔습니다. 중년의 남자 셋이 일과 가족으로부터 잠시나마 벗어나 대학 시절 MT를 떠올리며 부어라 마셔라 했습니다. 안타깝게도 여기까지가 감성 캠핑의 절정이고 마지막이 되었습니다.

술자리를 대충 정리하고 잠자리에 들었습니다. 비록 밤공기는 매섭고 차가웠지만 배부르고 등이 따뜻하니 금방 잠이 들었습니다. 하지만 새벽이 되자 갑자기 바닥이 냉골로 변했고, 우리의 캠핑은 군대 시절 동계훈련으로 변질되었죠. 잠이 덜 깬 상태에서 의식이 흐릿한 채 세 명 모두 몸만 뒤척이며 추위와 사투를 벌였습니다. 어느 한 사람도 일어나 온수 매트를 확인하거나 문제를 해결할 생각은 하지 않고 머릿속으로만 '왜 이렇게 갑자기 바닥이 차가워졌지? 온수 매트가 고장 났나?' 하는 생각만 하고 이불을 쥐어 잡고 뒤척이다 아침을 맞이했습니다.

한 선배는 몸을 부들부들 떨고 연신 기침을 하더니 오한이 나서 도저히 못 버티겠다고 미안하지만 바로 집으로 돌아갔으면 좋겠다고 캠핑 중단을 제안했습니다. 사실 나도 밤에 너무 추위에 떨어 더 이상 캠핑을 하는 것은 무리라고 생각했습니다. 캠핑을 주도한 선배는 온수 매트를 확인하더니 타이머를 너무 일찍 맞춰 나서 새벽에 타이머가 꺼지는 바람에 바닥이 식었다며 미안해했습니다. 어쨌든 1박 2일 캠핑 일정은 첫날 저녁 한 끼와 추위로 얼룩진 새벽의 추억을 남기며 종료되었습니다.

밤새 추위에 떨면서도 아무런 조치도 취하지 않고 잤던 생각을 해보니 한참 회자되었던 개구리 실험 생각이 났습니다. 개구리를 물이 담긴 비커에 넣고 서서히 가열하면 개구리가 조금씩 따뜻해지는 물 온도에 적응하며 결국 천천히 죽어갑니다. 즉 슬로 데스slow death하는 것입니다. 하지만 개구리를 펄펄 끓는 물에 집어넣으면 밖으로 즉각 튀어 나가는데 이것은 딥 체인지deep change라고 합니다. 우리 세 명은 서서히 식어가는 온수 매트 위에서 아무런 조치도 취하지 않으며 슬로 데스를 경험한 겁니다.

젊은 시절, 성취와 성공을 위해 치열하게 살면서 자칫 삶의 균형이 깨지기 쉽습니다. 자신의 몸을 혹사시켜 건강에 문제가 생길 수도 있고, 경쟁 시스템에 갇혀 있다 보면 진짜 사람답게 사는 것이 무엇인지 방향을 잃기도 합니다. 그렇게 밥벌이만 신경 쓰며 밖으로 돌아다니다 보면 아내와 자녀와의 관계도 소원해집니다. 더 큰 문제는 이런 자신의 상황을 인식하지 못하거나, 인식하면서도 아무런 조치도 취하지 않으면 삶의 소중한 것들이 천천히 사라져버리게 됩니다.

짧지만 강렬했던 캠핑은 추위에 벌벌 떨기만 할 것이 아니라 벌떡 일어나 타이머를 다시 맞췄어야 했다는 후회와 함께 오십 대는 내 삶에서 슬로 데스하고 있는 것들이 무엇인지 찾아내서 과감하게 조치를 취해야겠다는 교훈을 얻었습니다.

사람이
힘이다

나 자신이 하찮은 존재 같고 자존감이 바닥으로 떨어져 무기력해질 때가 있습니다. 특히 내 책에 대해 누군가 혹평을 하거나 목청이 터져라 열정적으로 강의했는데 부정적인 피드백을 받을 때 그렇습니다. 그런 날은 아무리 피곤해도 신경이 곤두서서 계속 시간만 확인하면서 잠들지 못하고 뒤척이게 됩니다.

아내와 논쟁을 벌일 때 아이들이 중간에 끼어들어 엄마 편만 들 때도 그런 것 같습니다. 젊은 시절 헌신하며 가족 먹여 살리겠다고 치열하게 살았지만, 준비되지 않은 부모로서 어떻게 해야 될지 모른 채 긴 시간을 보내며 아이들과의 관계를 원만하게 만들지 못한 나의 책임도 있다고 생각합니다.

한 컨설팅 회사와 약속된 일정이 실수로 문제가 발생했습니다. 나의 실수를 인정했고 충분히 사과했는데도 컨설팅 회사 대표는 전화를 해서 부하직원 다루듯이 심하게 하대하며 몰아세웠습니다. 며칠 동안 잠을 잘 수가 없었습니다. 나는 비즈니스 파트너로 생각하고 거래해왔는데, 상대방이 나를 '을'로 보고 '갑질'을 하는 것 같아 서운하고 속상하고 자존심이 상했습니다.

이 일로 힘들어하고 있을 때 3년째 나를 불러주는 한 기업의 담당자로부터 강의 요청이 들어왔습니다. 강의 일정이 맞지 않아서 요청한 날짜에 힘들 것 같다고 했더니 담당자가 내 일정에 맞추겠다며 강의 시간까지 변경해주었습니다. 담당자가 나를 배려하고 인정해주는 것 같아 온몸에 따뜻한 기운이 돌면서 기분이 좋아졌습니다.

토요일 아침에 다소 먼 거리를 운전해서 강의장에 도착했습니다. 먼저 나를 맞아준 담당 차장은 반가워하며 "박사님의 강의는 항상 최고예요. 이번에도 잘 부탁드립니다"라고 인사를 건네고 강의장 뒤편에 앉아 열심히 강의를 들었습니다. 한 시간 강의가 끝나고 잠시 쉬고 있는데 실무담당 여직원이 와서 반갑게 인사를 하며 말을 걸었습니다.

"저는 박사님 팬입니다. 저 기억하시죠? 인스타그램도 팔로워하고 있어요. 제가 블로그에도 들어가 봤는데 다른 주제로 강의도 많이 하시고. 이번에도 좋은 강의 기대할게요!"

"2년 전 제가 강의할 때 뒤에 혼자 앉아 계셨죠? 그리고 강의 끝나고 와서 강의 좋았다고 인사도 하셨고. 네, 기억나네요!"

가물거리는 기억을 되살려 말을 건네니 환하게 웃었습니다. 그 말과 표정에 진정성이 느껴졌습니다. 누군가 나를 기억하고 응원하고 있다는 생각이 들어서인지 구름 위에 떠서 신나게 강의했습니다. 그리고 대학원 주말 수업을 위해 학교로 이동했습니다.

대학원은 학기 마지막 수업이라 발표와 기말고사가 동시에 있었습니다. 기말고사와 발표 수업이 모두 끝나자 대학원생들은 한 명씩 내 앞으로 와서 너무 재미있고 좋은 수업이었다고 인사했습니다. 학생들과 일일이 악수를 했습니다. 그중 몇몇은 "교수님 책을 사갖고 와서 서명을 받으려고 했는데 깜박하고 가져오지 못했어요. 수업 너무 좋았어요"라고 마지막 인사를 건넸습니다.

모두가 떠난 강의장에서 혼자 남아 노트북을 정리하는데 피곤함을 밀치고 행복감이 올라왔습니다. 오전에 만난 기업교육 담당자 그리고 오후에 마지막 수업을 같이한 대학원생들 모두 바닥을 치고 있었던 나의 자존감을 끌어 올려준 고마운 사람들입니다.

오십이면 갱년기가 찾아온다고 합니다. 그래서인지 감정의 변화도 심하고 작은 것에도 서운하고 내가 한없이 작은 존재로 여겨지면서 자신감이 떨어질 때가 많습니다. 물론 누구나 자기 스스로 이것을 극복하고 치유할 수 있는 회복 탄력성이 어느 정도 있습니다. 하지만 정말 깊은 수렁에 빠져 허우적거리며 감당하기 힘들 때 나를 인정하고 존중해주는 사람들이 주는 힘은 원기를 회복시키는 수액 같습니다.

사람에게 상처받은 마음의 상처는 사람에 의해 치유됩니다. 치유와 힐링의 에너지를 가진 사람들과 함께하며, 나 역시도 그런 사람이 되도록 노력해야겠습니다.

관점의 상대화

국내 굴지의 대기업에서 꽤 장기간 연극과 강의를 콜라보하여 교육했습니다. 연극배우들이 강의 주제와 관련된 연기로 사람들의 마음을 열게 하고 정서적 각성을 주고 나면, 강의로 구체적인 메시지와 방법을 알려주고 마무리하는 방식입니다. 청중의 관심과 호기심을 충족시키고 영감을 주기에 충분한 새로운 교육이었습니다.

이 교육의 또 다른 매력은 맛있고 다양한 메뉴로 소문난 그 기업 구내식당에서의 점심 식사였습니다. 한식에서 일식, 양식까지 없는 것 빼고 다 있다고 해도 과언이 아닐 정도로 다양한 메뉴 때문에 식사 때마다 선택 장애를 경험할 정도였습니다. 심지어 콜라보했던 연극배우들은 구내식당에서 처음 식사를 한 날, 그 기업에 다니는 직원들이 부럽다며 두 개의 메뉴를 먹을 정도였습니다.

하지만 점심 식사에 대한 기대와 찬사는 일주일 정도 지나자 시들해졌습니다. 웬만한 메뉴는 한 번씩 다 먹어보고 나니 메뉴 선택이 기대가 아닌 고민으로 바뀌었습니다. 그 회사에 다니는 직원들과 비슷해진 거죠. 사람 입맛이 간사해서가 아니라 자연스러운 현상입니다.

젊은 시절 가슴 뛰고 좋아했던 순간들이 나이 들면 시시하고 평범해져 아무런 감흥도 없어집니다. 아내와 처음 만났을 때, 아이가 처음 태어났을 때, 강의를 처음 시작했을 때, 살고 있는 집에 처음 이사 왔을 때 가슴 설렜던 모든 것이 이제는 그저 평범한 일상이 되고 때론 불만의 원인이 됩니다.

누군가 그러더군요! 감동이 없으면 나이 먹는 거라고. 그런데 감동과 감탄이 없는 것이 그 대상이 변한 것이 아니라 대상에 대한 우리의 인지체계의 유효기간이 다 된 것이라고 합니다. 이를 해결하기 위해서는 인지적 전환을 가져올 수 있는 경험을 해야 합니다. 여행을 다녀오면 살던 집이 더 정겹고 포근하게 느껴집니다. 나 자신으로부터 멀어져 나를 바라보고 생각할 수 있는 시간을 가져야 합니다. 멀리서 나를 바라보는 관점의 전환이 필요합니다.

우주에서 지구를 바라본 우주비행사들은 귀환 후 인생관이 완전히 바뀌었다고 합니다. 미국의 작가 프랭크 화이트는 이것을 조망 효과overview effect라고 말했습니다. 내가 출강한 기업의 구성원들도 처음에는 다양하고 맛있는 식사를 제공하는 회사의 배려에 고마움도 느끼고 식사 시간이 기다려졌을 것입니다. 그러나 시간이 지나면서 당연하게 받아들이고, 심지어는 비슷한 메뉴가 반복된다고 불만을 갖기도 합니다. 이럴 때 필요한 건 관점의 상대화입니다. 내부인의 시각이 아닌 외부인의 시각으로 바라보는 것을 말합니다.

삶의 만족과 행복은 인식의 문제입니다. 오십이 넘어 이제 웬만큼 경험할 것은 다 경험해보고, 사는 게 다 그렇다고 느껴지고, 지금 내 삶이 지루하고 형편없다고 생각된다면 지금의 내 관점을 기준으로 하는 인지체계가 그 시효를 다했다는 뜻입니다. 내 삶에 어떤 기대와 감동도 없이, 그저 한숨만 나온다면 내 관점을 아주 긴급하게 상대화할 때가 되었다는 이야기입니다.

먼 곳을 바라보거나 눈을 위로 치켜뜨고 생각하면 인지적 전환이 쉬워진다고 합니다. 잠시 멈추고 하늘을 한번 바라보는 여유를 가져야겠습니다.

나만의
경작 거리 찾기

동네 앞산에 괜찮은 둘레길이 있습니다. 일주일에 몇 번은 그 길을 걸으며 운동도 하고 생각도 정리합니다. 산책을 하고 나면 몸과 마음에 활기와 의욕이 생깁니다. 이제는 동네 산책로는 나만의 케렌시아입니다.

둘레길 주변 자투리땅에는 이런저런 농작물이 자라고 있습니다. 공유지에 개인의 농작물 재배를 금지한다는 푯말이 무색하게 누군가 계절별로 다양한 채소들을 키웁니다. 가끔 텃밭에 웅크리고 앉아 일하는 있는 동네 분들을 보면 대부분 나이가 많은 어르신들입니다. 솔직히 척박한 땅에 생명의 씨앗을 뿌리고 고생을 사서 하는 것이 이해가 안 됩니다. 어디서 물을 길어왔는지 여러 개의 물통을 손수레에 싣고 낑낑대며 밭으로 향하는 어르신들의 모습을 보면서 편하게 마트에서 채소를 사 먹지 왜 저렇게까지 할까 고개를 절레절레 흔들 때도 있습니다.

왜 나이가 들면 농사짓는 것을 좋아하는 사람들이 많아질까요?

시골에 처남이 농사짓는 텃밭이 있는데 가끔 처형과 동서들이 농사일을 거들러 갑니다. 그때마다 손위 동서들은 뭐가 그렇게 좋은지 밭에 나가 땀을 흘리며 풀을 매고 열심히 일하지만 나는 여전히 농사일이 힘들고 귀찮기만 합니다. 사람들에게 왜 농사를 짓느냐고 물어보면 나이 먹고 시간도 많이 남아 여유가 생기면 소일거리도 필요하고, 직접 농사지어 건강한 먹거리를 얻으니 나름 보람이 있다고 말합니다.

우연히 책을 읽다 사람들이 왜 나이 들어 농사를 짓는지 조금은 이해가 되었습니다. 문화의 영어 표기인 'culture'는 '경작하다'라는 의미의 라틴어 'cultura'에서 파생되었습니다. 문화란 자연 상태를 인위적으로 변화시킨다는 의미를 내포합니다. 결국 땅에 농작물을 경작하는 행위는 자신만의 문화 또는 작은 세계를 만들고 싶은 본원적인 욕구 중 하나인 거죠. 아무도 관심 갖지 않는 땅을 개간하고 채소를 심는 것은 단순히 먹거리를 얻기 위함이 아니라 성취감을 느끼며 자기만의 세계를 만드는 것이라고 해석할 수 있겠네요.

자녀의 양육도 기른다는 의미로 본다면 하나의 문화를 만드는 과정입니다. 자녀가 성장해서 한 명의 사회인으로 자리 잡기 위해서는 부모의 많은 헌신과 노력이 필요합니다. 그래서 부모의 마음은 봄에 씨앗을 뿌려 가을에 열매를 거두는 농부의 마음과 비슷하다고 할 수 있습니다. 어떤 정신의학자가 자녀의 양육은 독립을 목표로 해야 한다고 말한 것처럼 부모의 가장 큰 행복은 자녀가 온전히 성장해 자신의 곁을 떠나보내는 것입니다. 이는 세상에 또 하나의 작은 문화를 더하는 숭고한 일이라고 할 수 있습니다.

하지만 농부가 수확을 하고 텅 빈 들판을 바라보며 보람과 동시에 허탈함을 느끼는 것처럼 부모의 마음도 비슷할 겁니다. 이럴 때 자식들의 빈자리를 대신 할 수 있는 대상으로서 텃밭을 가꾸며 자기만의 또 다른 문화를 만드는 것은 아닌가 생각됩니다.

'죽을 때까지 어떻게 나만의 문화를 만들어갈 것인가?'

오십은 이제 그런 것들을 생각하고 준비할 때입니다.

희망이라는
현재가치

가끔 만나 대화를 나누는 후배가 긴 명절 연휴가 시작되기 며칠 전 연락해왔습니다. 후배는 무슨 좋은 일이 있는지 전화기 너머 들리는 목소리가 밝고 들떠 있었습니다. 연휴가 시작되기 전에 저녁 식사를 하기로 약속했습니다.

황금 연휴가 시작되는 전날 저녁, 동네 근처 식당에서 후배를 만났습니다. 후배는 자리에 앉자마자 평소답지 않게 술을 마시고 싶다고 했습니다. 큰병을 앓고 나서 건강 관리를 위해 술을 끊은 후배의 사정을 잘 알기에 자제하라고 충고했지만 간곡하게 조금만 마시겠다고 해서 결국 술 한 잔을 따라 주었습니다.

"오늘 기분이 좋아 보이는데 무슨 일 있어?"

후배의 표정이 밝고 에너지가 넘쳐 보였습니다.

"아시다시피 요즈음 조직 문화가 유연해지고 워라밸work-life balance이 정착되면서 휴가 내는 게 예전보다 자유롭고 눈치도 덜 보잖아요. 그래도 너무 길게 쉬는 건 아직까지 조금 눈치 보이거든요. 그런데 제가 이번에 명절 연휴에 남은 연차를 붙여서 9일간 휴가를 신청했는데 상사가 아무 말 없이 승인해주네요. 내일부터 쉴 생각을 하니 마음이 가볍고 정말 기분이 좋아요. 그래서 홀가분한 마음에 오늘 만나서 술 한잔하자고 했죠!"

"어쩐지 전화 목소리도 그렇고 오늘 표정이 밝더라. 직딩에게 쉬는 것만큼 더 행복한 게 어디 있겠어. 기분이 좋으니 오늘 마음도 가볍고 안 마시던 술도 한잔 생각나고 그런 거지. 아직 휴가는 시작도 안 했는데, 휴가가 시작되기도 전에 이미 마음은 휴가를 보내고 있구먼!"

희망은 미래가치일까요, 아니면 현재가치일까요. 희망은 앞으로 발생할 일이 긍정적인 결과나 의미가 있을 때 갖게 됩니다. 희망의 사전적 의미에는 '앞으로 잘 될 가능성'이라는 뜻이 있습니다. 앞으로 잘 될 가능성이 있거나, 좋은 일이 예정되어 있으면 현재가 즐겁고 에너지가 생깁니다. 희망은 미래에서 비롯되지만 현재에 영향을 주는 현재가치라고 할 수 있는 거죠. 결국 현재를 즐겁게 행복하게 살려면 희망이 필요합니다.

오십은 인생 그래프가 변곡점을 지나 하향하고, 신체의 노화가 본격적으로 시작되면서 아픈 곳이 한 군데씩 늘어납니다. 갱년기까지 오면 무기력하고 우울감이 높아져 자신감이 떨어지는 심리적 문제도 겪게 됩니다. 그래서인지 주변에 오십이 넘은 사람들은 술 한잔 걸치면 인생 다 산 것처럼 이런 얘기를 종종 합니다.

"인생 뭐 있냐! 내려놓고 살아야지."

"악착같이 살아서 뭐하냐? 무슨 엄청난 부귀영화를 누리려고."

하지만 오십 대의 삶은 그렇게 녹록하지만은 않습니다. 금수저가 아니면 오십에 경제적 자립을 이루는 것은 꿈도 꾸기 어렵습니다. 자식과 노부모 부양 그리고 직장에서의 책임까지 역할 과잉에 시달리며 노후까지 준비하려면 더 치열하게 살아야 하는 것이 현실입니다.

그래서 오십 이후에는 언젠가 더 좋아지고 괜찮아질 것이라는 먼 미래에 대한 기대로 모든 걸 감내하고, 하고 싶은 것들을 내일로 미루며 현재를 희생하는 희망이 아니라, 오늘 사소하고 작은 것들을 실천하고 퍽퍽한 현실 속에 숨어 있는 깨알 같은 희망을 찾아가는 노력이 필요합니다. 이런 질문을 던져보면 어떨까요?

"오늘 비록 작지만 무엇을 시도한다면 행복할 수 있을까?"

"오늘 저녁 잠자리에 누워 하루를 돌아볼 때 행복하려면 무엇을 해야 할까?"

조급증에서 벗어나기

전문가들은 남자들이 원시시대 수렵하던 습성이 유전자 속에 남아 있어서 쇼핑도 사냥하듯이 한다고 합니다. 남자는 사냥하듯이 필요한 타깃을 정해놓고 획득하면 끝내는 목표 지향적 쇼핑을 합니다. 반대로 여자들은 과정 지향적이어서 쇼핑몰에 가면 이것저것 둘러보고 중간에 커피도 한잔 마시며 더 오랜 시간 동안 쇼핑을 합니다. 그러니 남자들이 여자와 함께 쇼핑하는 것은 쉽지 않은 일입니다.

어떤 백화점은 이런 남자의 특성을 이해하고 여자들이 쇼핑하는 동안 남자들이 시간을 보낼 수 있는 공간을 별도로 제공하는 곳도 있습니다.

아내는 쇼핑뿐만 아니라 어디든 나와 같이 가는 것을 별로 좋아하지 않습니다. 예전에는 지나가는 말이라도 같이 가자고 했었는데 이제는 물어보지도 않습니다. 어쩌다 큰맘 먹었는지 나가면서 한마디 건네는 것이 같이 가자는 건지, 아니면 집에 있으라는 건지 헷갈립니다.

"당신은 집에 있을 거지?"

아내가 이렇게 나를 대하는 데는 다 이유가 있습니다. 나는 어디를 가든 무엇을 하든 처음 목표를 달성하고 나면 조급함이 발동되어 주변 사람들을 불편하게 만드는 경향이 있습니다. 가족여행을 가면 사전에 빡빡한 일정을 짜고, 한 장소에 오래 머물러 있기보다는 여기저기 돌아다니며 인증샷을 찍느라 바쁩니다. 그리고 이른 아침부터 아내와 가족을 깨워서 빨리 움직이자고 보챕니다. 반대로 아내는 항상 여유 있게 쉬고 즐기면서 천천히 다니자고 합니다. 여행을 마치고 귀가하는 날에는 더 일찍 서두릅니다. 교통 정체가 시작되기 전에 집에 돌아와야 마음이 편하기 때문입니다.

가족 모임도 마찬가지입니다. 편안하고 여유 있는 마음을 갖고 가족과 함께 대화를 나누며 식사를 해야 하는데, 시간을 계속 확인하며 뭐 마려운 강아지 마냥 안절부절 가만히 있지 못하고 왔다 갔다 합니다.

"왜 지금 가려고?"

"아니, 그런 건 아닌데."

아내가 눈치를 챈 듯 나에게 물어보면 아무것도 아니라고 대답하지만 표정은 숨기지 못합니다.

잠깐의 주말 외출도 마찬가지입니다. 집을 나서자마자 먼저 귀가를 걱정합니다.

"여보, 오늘은 몇 시에 들어갈까? 차 막히기 전에 집에 오자고!"

아내는 이런 나에게 항상 불만입니다.

"차가 막힐 수도 있는 거지. 어디 가면 여유 있게 쉬다 와야지, 왜 이렇게 서둘러. 그리고 일정이 바뀔 수도 있는데, 당신은 왜 그렇게 융통성이 없어!"

아침 식사를 하는데 아이들이 학교 재량 휴일이라고 며칠 동안 학교에 안 간다고 합니다.

"야, 미리 얘기하지. 아빠가 알았으면 어디 여행이라도 갔을 텐데!"

영혼 없이 던진 내 말을 아내가 놓치지 않고 덥석 받는 바람에 근처 대형 아울렛으로 갔습니다. 이번만큼은 가족과 함께 시간을 충분히 보내고 여유 있게 쇼핑을 즐기겠다고 다짐했습니다.

'아내가 집에 가자고 얘기할 때까지는 절대 내가 먼저 집에 가자고 하지 말아야지. 아내와 딸이 쇼핑을 즐길 수 있도록 무엇을 하든 그냥 편하게 옆에 같이 있자!'

하지만 시간이 한참 지나고 어두워지자 마음속에서 불안과 조급증이 올라왔습니다. 어떻게 할까 고민하다 아내에게 처음으로 안 하던 말을 했습니다.

"여보, 오늘 쇼핑하고 편안하게 저녁까지 해결하고 가자!"

물론 진짜 마음은 그렇지 않았지만 이렇게라도 얘기를 해야 내 마음이 편해질 것 같았습니다.

"너희 아빠 많이 변했다. 예전에는 차 막힌다고 서둘러 가자고 했을 텐데. 아빠가 대단한 거야. 엄마가 얘기하면 바꾸려고 노력하잖아!"

아내는 놀란 듯 흠칫 쳐다보더니 아이들에게 내 칭찬을 했습니다. 아내의 칭찬을 들은 나는 오십 넘어 별거 아니지만 나 스스로를 힘들게 만들었던 프레임을 깬 자신이 만족스러워서 씩 웃었습니다.

지금과
여기

TV에서 들리는 노래 가사가 하던 일과 복잡한 생각을 모두 멈추고 귀 기울이게 만듭니다.

많은 것을 찾아서 멀리만 떠났지
난 어디 서 있었는지
하늘 높이 날아서 별을 안고 싶어
소중한 건 모두 잊고 산 건 아니었나!
이젠 그랬으면 좋겠네

그대 그늘에서 지친 마음 아물게 해
소중한 건 옆에 있다고
먼 길 떠나려는 사람에게 말했으면

가수 조용필의 노래 '이젠 그랬으면 좋겠네'의 가사 중 일부입니다. '소중한 건 모두 잊고 산 건 아니었나/소중한 건 옆에 있다고 먼 길 떠나려는 사람에게 말했으면' 이 가사가 머릿속에서 맴돌며 자동 플레이됩니다. 많은 현인이 '지금과 여기now & here'를 삶의 진수라고 얘기해왔습니다. 그리고 삶을 뒤돌아볼 수 있는 위치에 선 사람들 대다수가 표현과 뉘앙스만 다를 뿐 '지금과 여기'의 소중함을 강조합니다. '지금과 여기'를 실천하며 살아가는 것이 어렵다는 방증이기도 합니다.

젊었을 때는 새로운 관계, 일, 콘텐츠, 장소를 찾고 연결하고 경험하는 것이 가장 중요한 가치이고 능력인 줄 알았습니다. 그래서 오랜 시간을 투자하고 노력해서 축적한 소중한 자산들을 오래됐다는 이유만으로 방치하거나 소홀히 한 것이 사실입니다. 그러나 세월이 지나고 보니 본래 내가 갖고 있던 것들을 다른 관점으로 바라보고 진정한 가치를 발견하여 깊이를 더하는 지혜가 필요하다는 것을 알게 됩니다.

오랜만에 본가에 가서 어머니가 끓여주신 된장찌개를 먹는데 특별히 더 맛있게 느껴졌습니다.

"엄마, 오늘 된장찌개가 왜 이렇게 맛있어요? 뭐 다른 거 넣었어요?"

"뭘 다른 걸 넣어, 맨날 하던 대로 했는데. 묵은 된장이라 더 맛있는 거야."

그렇습니다. 묵은 된장, 묵은지 모두 오래됐지만 더 깊은 맛이 납니다. 습관처럼 삶의 모든 영역을 제품수명주기(하나의 제품이 시장에 도입되어 폐기되기까지의 과정) 관점으로 바라보며 끊임없이 '뭐 좀 다른 것 없나'를 추구하며 살았지만 오십부터는 '지금과 여기'의 기회와 가능성을 먼저 확인하고 활용하며 살아야겠습니다.

우리는 곁에 있지 않은 것들에 더 많은 관심을 갖고 에너지를 쏟으며 곁에 있는 것의 소중함을 잊고 살기 쉽습니다. 그래서 이제부터 이런 걸 한번 시도하려고 합니다.

- 새로운 장소만 찾기보다는 지금 장소를 낯설게 만들기
- 가까운 곳에 나만의 아지트 만들기
- 오랜 고향 친구들과 가끔 통화하거나 만나서 술 한잔하기
- 작지만 확실한 행복을 주는 것들은 미루지 않고 당장하기

· 옷장에서 안 입던 옷 찾아서 입어보기
· 새 책만 사지 말고 책꽂이에서 안 읽은 책 꺼내 읽어보기

오늘 당장 집 옆에 있는 카페에 가서 따뜻한 차 한잔 시켜놓고 글도 쓰고 책도 읽어보려고 합니다. 조앤 롤링의 명작《해리포터》는 동네의 조그만 카페에서 탄생됐다고 합니다.

행복한 열정

드럼 연주를 무척이나 좋아하는 한 소년이 있었습니다. 소년에게 드럼 연주는 부모와 주변 사람들에게 인정받기 위한 수단이 아니라 그저 순수하게 좋아하는 활동이고 자신의 정체성 일부와 같습니다. 소년은 시간 가는 줄 모르고 즐겁게 몰입하며 드럼을 연주했습니다. 어느덧 소년은 성장해서 청년이 되었고 명문 음악학교에 입학합니다. 최고의 스튜디오 밴드에 신입회원으로 들어가 최악의 폭군 지휘자로 불리는 교수를 만나면서 소년의 운명은 서서히 변해갑니다. 청년은 교수에게 인정받는 최고의 드러머가 되기 위해 교수의 폭언과 학대를 감내하며 자신을 한계까지 몰아붙이고 또 몰아붙입니다. 청년에게 드럼 연주는 치열한 경쟁에서 이기고 메인 연주자가 되기 위한 수단이 되어버렸습니다.

청년이 드럼 연주를 즐기기보다 최고가 되어야 한다는 것에 집착하면서 삶에서 다양한 문제들이 발생합니다. 자아도취에 빠져 미식축구를 하는 친척들을 심하게 비하하고, 자기가 먼저 사귀자고 했던 여자친구도 꿈을 이루는 데 방해물로 취급하며 상처를 주면서 헤어집니다. "난 위대해지고 싶어. 그러려면 시간이 더 필요할 거고, 우린 사귀면 안 될 것 같아."

결국 청년은 교수의 기대를 만족시키고 최고가 연주자가 되겠다는 집착과 강박을 버리고, 순수하게 드럼 연주를 좋아했던 과거의 자신으로 돌아가 즐겁고 행복한 연주를 시작하게 됩니다.

영화 〈위플래쉬〉의 주인공 앤드류에 대한 이야기입니다. 이 영화는 어떻게 순수한 열정이 변질하여 우리의 삶을 망치는지 알려줍니다. 열정은 영역에 관계없이 성공과 성취를 위한 중요한 마중물입니다. 열정의 영어 'Passion'은 라틴어 'Passio', 즉 '고통받다'의 뜻으로부터 유래되었습니다. 그래서 사람이든 어떤 활동이든 열렬히 좋아하는 사람은 그 대가로 고통을 받게 되는 것 같습니다.

열정을 연구한 학자들은 긍정적인 열정은 동기부여를 제공하고 행복감을 높이며 일상의 삶에 의미를 부여합니다. 하지만 반대로 부정적인 열정은 삶의 다른 활동들과 갈등을 초래하고 불균형을 가져올 수 있다고 말합니다. 전자는 조화 열정harmonious passion이고, 후자가 강박 열정obsessive passion입니다. 〈위플래쉬〉의 주인공 앤드류가 어린 시절 가졌던 드럼 연주에 대해 열정이 조화 열정이고, 청년이 되어 음악학교에 들어가 최고를 꿈꾸며 심리적 부작용과 다양한 갈등을 경험하게 만든 열정이 강박 열정입니다.

이 영화는 나에게 어떤 열정으로 살아왔고, 어떤 열정으로 살아가야 하는지 질문을 던집니다. 젊은 시절에는 무엇을 원하는지도 모른 채 경쟁 시스템의 상징인 입시와 취업문을 뚫기 위해서 하고 싶은 것이 아니라 해야만 되는 것을 치열하게 해야 했습니다. 그리고 조직에 들어가서는 뒤처지지 않고 인정받기 위해 밤늦게까지 남아 일해야 했습니다. 때론 회식 자리에서 마지막 생존자가 되어 감당하지 못하는 폭탄주를 연거푸 받아 마시며 열정을 다했습니다. 하지만 내게 돌아온 것은 짧은 기쁨과 긴 회의와 후회였습니다.

공자가 말한 불혹이 되면 외부의 유혹과 자극에 흔들리지 않으며 내면화된 열정을 갖고 살 수 있을 것이라 착각했습니다. 하지만 지천명이 되어서야 그것은 저절로 이루어지는 것이 아니라 앤드류처럼 좌충우돌 시행착오와 치열한 성찰 끝에 얻어진다는 하늘의 뜻을 알게 됩니다. 오십 이후에도 여전히 열정이 필요합니다. 다만 오십 이후에는 자신의 기대와 내면의 목소리에 더 집중하며 삶의 다른 활동과 관계의 균형을 가져다주는 조화 열정이 필요합니다. 그것은 여전히 그냥 주어지는 것이 아니라 그렇게 살기 위해 노력할 때 가능합니다.

다른 나를 만나는 방법

충북 단양에서 강의를 마치고 고속도로 IC 방향으로 이동하다 도로 오른쪽에 '만천하 스카이워크 1km'라는 푯말이 눈에 들어왔습니다. 순간적으로 '한번 들렀다 갈까'라는 생각이 들었지만 그냥 지나쳤습니다. 오랫동안 살아온 관성을 역행하며 핸들을 돌리기는 쉽지 않았습니다. 일단 출발하면 처음 계획한 목적지로 빨리 가야 하는 조급증이 있기 때문입니다.

'왜 나는 이렇게 여유가 없을까?' 순간순간 찾아오는 기회들을 온전히 즐기지 못하고 항상 다음으로 미루는 습관 때문에 놓치거나 지나친 경험들을 앞으로의 삶에서는 이렇게 마주할 것인지 고민해봅니다.

집으로 돌아오는 차 안에서 지금까지 살면서 마음에 여유가 없어 미루고 놓친 것들이 무엇인지 떠올려봤습니다. 그렇게 큰 문제는 아니지만 이런 습성 때문에 세차를 안 한 지 벌써 몇 개월이 되었습니다. 세차할 시간이 없을 정도로 바쁜 것도 아닌데, 주유하고 잠깐 자동세차기에 들어갔다 나와도 될 세차를 뭔가에 쫓기는 사람처럼 왜 미루는지 모르겠습니다.

오늘은 정말 단단히 마음먹고 집으로 향하던 핸들을 돌려 손세차장으로 갔습니다. 가는 날이 장날이라고 세차를 기다리는 차들이 길게 줄 서 있었습니다. 길게 늘어선 세차 대기 차량을 보니 조급증이 또 발동해서 그냥 집으로 가고 싶은 생각이 들었습니다. 사실 그냥 가도 되고, 기다려도 큰 문제는 없습니다. 하지만 기존에 내가 습관적으로 하던 행동에서 벗어나 나에게 새로운 경험을 하게 하고, 다르게 선택하고 행동할 수 있는 연습을 하는 데 의미가 있습니다.

일단 얼마가 걸리든 기다렸다 세차를 하기로 결정했습니다. 나의 중요한 가치인 효율의 잣대로 보면 말도 안 되는 결정이지만 세차장 사무실에서 책을 읽으며 여유 있게 기다리다 보니 어느새 세차가 끝났습니다. 세차된 깨끗한 차를 보니 마음이 가벼웠습니다. 무엇보다 기존에 나와 반대편에 있는 나를 만나는 시도에서 오는 만족감이 더 컸습니다.

세차를 끝내고 집으로 향하는데 도서관에 반납할 책이 생각났습니다. 이유 없이 또 망설여졌습니다. 세차장에서 출발하면서 목적지를 집으로 정했기 때문입니다. '그냥 나중에 반납할까? 마치 목표물을 정해놓은 유도미사일처럼 한번 정해놓은 궤도를 벗어나는 게 왜 이리 힘든지. 그래, 또 미루지 말자. 며칠 전부터 반납해야지 하며 특별히 바쁜 일도 없는데 이러고 있잖아.'

결국 도서관 쪽으로 방향을 바꾸어 책을 반납했습니다. 귀가 중에 세차를 하고 도서관에 책을 반납하는 기적(?) 같은 일을 하고 집에 도착하니 마음도 편하고 뿌듯했습니다.

어떤 사람들은 할 일이 없어 쓸데없는 고민을 한다고 비웃을 수도 있습니다. 하지만 상황과 내용만 다를 뿐 누구나 습관처럼 해오던 행동이 자신의 삶에 문제를 일으키는 경우가 있습니다. 어떤 이는 지나치게 산만해서 중요한 것에 집중하지 못하기도 하고, 어떤 이는 앞뒤 돌아볼 여유 없이 빠듯하게 살면서 직항하는 비행기처럼 항로를 벗어나지 못하고 조바심을 내며 살기도 합니다. 하지만 오십 정도 되면 오랫동안 살면서 반복했던 행동이 자동화된 프로그램처럼 작동하여 바꾸기 어렵습니다. 그런데 여기서 벗어나는 딱 한 가지 가장 좋은 방법은 그냥 평소 자신이 했던 행동과 반대로 해보는 것입니다. 그 이유는 간단합니다. 해보면 알게 됩니다.

나에게
시간을 선물하기

강의를 마치고 집으로 왔는데 온종일 서서 떠들어서인지 몸이 파김치가 되었습니다. 옷을 갈아입고 거실로 나와 소파에 앉았는데 몇 년 전 스트레스를 해소하겠다고 산 오디오가 유난히 눈에 들어왔습니다. 앰프, CD 플레이어, 턴테이블, 스피커까지 무리해서 구입했는데 지금은 전시품처럼 먼지만 쌓여 있습니다.

오디오를 처음 구매하고 며칠 동안은 음악에 푹 빠져 시간 가는 줄 몰랐는데, 그 뒤로는 여유를 갖고 음악을 들어본 기억이 없습니다. 어쩌다 음악을 들어도 한 곡을 끝까지 집중해서 듣지 못하고 전원을 꺼버리게 됩니다.

어떤 일을 마음에 담아 놓기만 하고 미루면서 실행으로 옮기지 못할 때는 시간이 없다는 핑계를 댑니다. 하지만 나중에 생각해 보면 물리적인 시간인 크로노스가 없는 것이 아니라 마음의 시간인 카이로스가 없다는 것을 자각하게 됩니다.

그동안 글을 쓰고 강연을 하면서 다른 사람들에게는 멈춤이 중요하다고 말하면서 정작 나는 그러지 못하고 말빚만 지고 살고 있다는 생각이 듭니다. 최근에 우연히 읽은 글이 나 자신에게 멈춤과 여유의 경험을 선물해야겠다는 자극을 주었습니다.

'마음의 온도가 올라간다. 열심히 노력한 자신에게 상을 주고 싶다면 물질이 아니라 시간을 선물하자. 나를 평온한 상태로 놓아줄 수 있는 시간이 마음의 온도를 높인다.'

마음먹은 김에 모든 걱정을 내려놓고 음악을 질리도록 들어보기로 했습니다. 먼저 몸에 힘을 빼고 소파와 최대한 한 몸이 되어 평소 듣고 싶었던 음악을 틀고 가사와 연결되어 온전하게 집중했습니다. 아무도 없는 집에서 층간 소음이 발생하지 않는 범위에서 볼륨을 최대로 유지하며 2시간 가까이 시간을 선물했습니다.

탐색과 활용의 중용

책장을 훑어보다 갑자기 눈에 들어온 내 책 한 권을 꺼냈습니다. 출간한 지 2년이 넘었으니 지금은 서점의 서가 구석에 꽂혀 먼지를 뒤집어쓰며 누군가의 손길을 기다리고 있거나 아예 사라졌을지도 모릅니다. 그런데 더 슬픈 것은 나에게도 잊히고 있습니다. 인쇄가 끝나고 저자용으로 배달되어 내 눈앞에 처음 모습을 드러냈을 때 표현할 수 없는 기쁨과 성취감을 주었던 책이었는데. 한때 뜨겁게 사랑했지만 새로운 사랑을 만나 이제는 기억조차 나지 않는 과거의 연인같이 돼버린 나의 책.

새로운 책을 쓰겠다는 생각에 함몰되어 나의 치열한 학습과 사유로 잉태한 자식 같은 결과물을 잊고 있었습니다. 잊히는 기억을 다시 잡듯 책장을 펼쳤습니다. 책장을 넘기니 부족하고 아쉬운 문장들이 눈에 먼저 들어왔습니다. '왜 그때 이렇게 표현했을까. 이렇게 바꾼다면 더 좋았을 텐데. 여기에 이런 내용과 사례를 추가한다면 내용이 더 풍부해질 텐데.'

반대로 '아니, 내가 어떻게 이런 유려하고 통찰력 있는 표현을 썼을까!'라는 생각에 입가에 미소를 짓게 하는 문장도 보였습니다. 오랫동안 자료를 모으고 원고 마감 시간을 맞추기 위해 머리를 짜내고 자료를 검색하며 순간적으로 떠오른 문구나 아이디어를 놓치지 않기 위해 메모하며 몰입했던 과정들이 떠올랐습니다.

젊었을 때는 과거보다는 미래에 무게 중심을 두고 앞으로 내달렸습니다. 물론 빠르게 변화하는 세상에 적응하고 새롭고 차별화된 것을 창출해야 한다는 시대적 가치를 충족하기 위한 도전은 필요합니다. 이것을 조금 고급지게 표현하면 탐색exploration이라고 합니다. 탐색은 좀 더 장기적이지만 불확실성이 높습니다. 반대로 활용exploitation은 기존의 역량에 기반하여 조금씩 개선해나가는 것을 말합니다. 탐색은 장기적이라면 그에 비해 활용은 단기적입니다.

오십 이후에 가장 중요한 것이 탐색과 활용의 중용입니다. 젊은 시절 열정과 도전으로 쌓아온 자신의 강점과 성과를 씨줄로 삼고, 현실에 안주하지 않고 호기심을 유지하며 새로운 것에 관심을 갖는 탐색을 날줄로 삼아 살아간다면 안정적이면서 '엣지' 있는 삶을 살지 않을까요?

끌리는 대로
사는 연습

동생에게 조카의 고등학교 졸업식에 가겠다고 전화했더니 멀리까지 힘든데 오지 말라며 졸업식 다음 날 동생 가족 모두가 우리 집에 놀러 오겠다고 했습니다.

"갑자기 온다고?"

"왜 싫은가 보지?"

"아니, 생각지도 못했는데 온다고 하니까 나야 좋지!"

전화를 끊고 나서 기분이 좋고 마음이 들떴습니다. 내친김에 우리 집에서 30분 거리에 살고 있는 막냇동생도 불렀습니다. 형제가 다 모일 생각을 하니 마음이 들떠서 소풍을 앞둔 초등학생 처럼 신이 나서 이것저것 준비하며 기다렸습니다. 드디어 주말이 왔고 둘째 동생네 가족과 막냇동생, 그리고 우리 가족이 모여 늦게까지 술잔을 기울이며 대화의 꽃을 피웠습니다. 나이 탓인지 동생들과 함께하는 자리가 소중하고 행복하게 느껴집니다. 이번 모임은 둘째 동생의 갑작스런 제안이 있었기에 가능했지, 이것저것 따지고 재서 계획을 잡는 내 스타일로는 어려웠을 것입니다.

둘째 동생의 성격은 즉흥적이면서 추진력이 강한 편입니다. 한번은 제수씨에게 동생의 이런 성격이 부럽다고 말하니 본인은 힘든 점도 있다고 했습니다.

"사전에 말도 없다가 주말 아침에 갑자기 깨워서 여행을 가자고 하고요. 여행 가면 목적지로 가다가 갑자기 어디가 좋다고 하는데 거기 가볼까 하고 바로 운전대를 돌려요. 그리고 일정도 마음대로 바꿔요."

나는 동생과는 반대로 여행을 가면 어디를 갈지, 언제 갈지, 무엇을 하고 무엇을 먹을지 미리 계획을 세워야 성에 찹니다. 그러니 가족 각자의 생각과 일정이 맞지 않아서 실행으로 연결되기 어렵고 여행을 가도 예상치 못한 일을 경험하는 경우는 없습니다.

그런데 지금까지 살면서 삶을 더 풍부하게 채워준 것은 계획했던 일들보다는 예상치 못한 갑작스런 일들과 우연이라는 생각이 듭니다. 입사 동기가 갑자기 술 한잔하자고 해서 나간 자리에서 지금의 아내를 소개받았고, 우연히 만난 분의 얘기를 듣고 지금 사는 곳으로 이사 와 전세로 살다가 얼떨결에 집을 샀고, 회사 구조조정 기간에 관리자로서 부하직원을 권고사직하는 과정에서 느낀 감정이 트리거가 되어 회사를 그만두는 결심을 했습니다.

머리로는 계획적인 삶을 살아야 한다고 생각하기에 그런 삶을 살고 있다고 믿는 것은 아닌지 나 자신에게 질문을 던집니다. 어쨌든 앞으로 남은 삶은 좀 더 즉흥적이고 끌리는 대로 사는 연습을 하려고 합니다.

드림워싱

Dream Washing

젊은 시절 '꿈'이라는 단어는 많은 영감을 주고 성취하는 데 중요한 동력이었습니다. 꿈이 없으면 삶이 무료해지고 실패한 삶을 사는 것이라고 생각한 적도 있었습니다. 나에게 꿈은 직장을 그만두고 불안정한 수입과 미래에 대한 걱정으로 감기처럼 찾아오는 미래에 대한 불안을 잠재우는 보험 같은 것이었습니다.

매년 연말이면 하나의 의식처럼 꿈 목록을 작성하고 업데이트했습니다. 시간이 지나면서 아들과 딸, 조카들까지 꿈 대열에 합류시켰습니다. 2010년부터 9년 동안 한 해도 빠짐없이 연말이면 아이들과 함께 '가족 꿈 워크숍'을 운영했습니다. 부모로서 그리고 큰아버지로서 아이들에게 주는 선물이고 선한 영향력이라고 생각했습니다.

그런데 언제부터인가 '꿈'을 추구하는 것이 나뿐만 아니라 아이들을 힘들게 한다는 생각이 들었습니다. 내가 꿈의 주인이 아니라 꿈이 나의 주인이 되어 나를 속박하고 강박하는 느낌이 들었습니다. TV와 서점가에 꿈이라는 단어가 유행처럼 도배될 때 뒤처지면 안 된다는 생각에 드림워싱dream washing(드림워싱은 친환경적이지 않지만 마치 친환경적인 것처럼 홍보하는 '위장환경주의'를 가리키는 그린워싱green washing에서 응용한 단어로 꿈에 대해 관심은 없지만 꿈을 갖고 사는 것처럼 보이기 위해 노력하는 것을 말함)을 하지 않았나 생각됩니다. 정말 원하지도 않는 꿈 목록을 작성해 놓고 그걸 위해 살아가야 한다고 스스로를 강제한 거죠. 솔직히 말해서 꿈을 심어주는 괜찮은 부모로 보이고 싶은 마음도 있었습니다. 물론 드림워싱은 긍정적인 면도 있습니다. 꿈이 없을 때보다 조금 더 많은 것을 성취했고 자신감도 얻었습니다. 하지만 진정한 내 삶을 살았다고는 확신할 수 없습니다.

큰 꿈을 갖고 내일을 위해 오늘을 인내하고 희생하며 사는 것도, 소소하게 오늘의 삶을 충실하게 사는 것도 모두 가치 있고 의미 있는 일인 것 같습니다. 어떤 방식으로 살든 옳고 그름의 문제가 아니라고 생각됩니다. 더 중요한 것은 '내가 어떤 존재가 되고, 어떤 자녀가 되고, 어떤 남편이 되고, 어떤 부모가 되고, 어떤 친구가 되고, 사회의 어떤 구성원으로 살아가야 하는가?' 나의 참된 모습은 무엇인지 고민하며 진정으로 자신의 삶을 살아가는 것입니다.

어떤 이들은 오십 이후에도 꿈을 갖고 도전해야 한다고 합니다. 오십이란 나이가 도전 없이 안정적인 삶을 살기에 아직 젊다는 얘기죠. 하지만 꿈이라고 떠올린 것들이 진짜 자신의 정체성을 반영하는 것인지 생각해봐야 합니다. 적어도 오십 이후에는 다른 사람들에게 보여주기 위한 삶이 아닌 나를 찾기 위한 삶이 되어야 하기 때문입니다. 이제 나에게도 아이들에게도 꿈을 갖고 살아야 한다고 강요하는 드림워싱에서 벗어나려고 합니다. 그냥 자신의 삶을 살면 되는 거죠.

관심과 관점의 변화

어느 날 시내에서 여러 명이 만나 미팅을 하고 방향이 같은 후배의 차에 동승했습니다. 후배는 시동을 걸더니 깜짝 놀란 듯이 말했습니다.

"야, 이거 처음 봤네요!"

"뭘 처음 봤는데?"

"아니, 이 시곗바늘이 자동차 시동이 꺼져 있을 때는 12시 정각에 멈춰 있다 시동을 켜니까 현재 시각에 자동으로 맞춰지네요. 신기하네요. 그동안 정말 몰랐어요!"

나는 후배를 놀리듯 한마디 던졌습니다.

"아니, 이 차를 산 지 2년이 넘었는데 아직까지 그걸 못 봤어? 말이 안 돼지!"

그런데 솔직히 나도 고급 자동차에 있는 아나로그 시계가 그런 식으로 작동되는지 처음 알았습니다.

갑자기 과거의 비슷한 경험이 떠올랐습니다. 나는 SUV를 10년 넘게 운전했습니다. 어느 날 나와 똑같은 차종을 갖고 있는 지인이 내 차의 2열 뒷자리 짐칸 구조를 보더니 깜짝 놀라며 대단한 걸 발견한 사람처럼 신기해했습니다.

"아니, 짐칸을 이렇게 바꿀 수 있어요? 어떻게 하면 이렇게 바꿔죠? 차를 산 지 5년이 넘었는데 이렇게 되는 줄 몰랐네요!"

나는 그 사람의 얘기에 '이 사람 뭐지?'라는 생각이 들었습니다. 자기 일에 전문가라는 평을 듣는 사람이 차를 산 지 5년이 넘도록 매일 운전하는 자동차의 짐칸을 어떻게 바꾸는지 몰랐다니, 기가 막히고 코가 막혔습니다.

"아니, 그걸 아직까지 몰랐어요. 차량 매뉴얼에도 나오고, 처음 차를 사면 궁금해서 이것저것 만져보지 않나요?"

"난 관심이 없으니까. 그냥 그런가 보다 하고 타고 다녔죠. 특별히 불편한 것도 없고. 어쨌든 덕분에 좋은 것 알았네요! 어떻게 하는지 한번 보여주세요!"

우리가 살아가는 모습이 이와 다르지 않습니다. 그 대상이 사물이든 사람이든 자신의 관심만큼만 알게 되고, 또 알고 있는 것만 보고 살아갑니다. 보고 싶은 것만 보고, 알고 싶은 것만 알려고 하는 선택적 지각이나 알고 있고 믿는 것만 보는 확인편향에서 벗어나려는 노력이 필요한 이유입니다.

우리는 호기심 부족과 무관심으로 인해 본래 존재하고 있던 소중한 것들의 가치를 충분히 향유하지 못합니다. 똑같은 기종의 휴대전화와 노트북을 사용해도 어떤 사람은 아주 일부 기능만 사용하지만, 어떤 사람은 유용한 기능들을 충분히 습득하고 활용하여 삶을 더 풍부하게 살기도 합니다.

오십이 넘으면 더 필요한 것이 관심과 관점의 변화입니다. 나이 먹고 꼰대니 아재니 이런 얘기를 듣는 것은 주변에 무관심하거나 관점이 고정되어 있기 때문입니다. 오십 년 넘게 살면서 배우고 경험했으니 알 만큼 안다고 생각해서 잘 안 보게 되고, 볼 것 다 봤다고 생각해서 다른 것을 보지 않는 것입니다.

우리의 잠재력, 소유하고 사용하는 물건들, 관계하고 있는 사람들에 대해 새로운 관심과 호기심을 갖고 다른 방향에서 바라보는 노력이 필요합니다. 삶의 진수는 발명이 아니고 발견이기 때문입니다.

내 삶에
에어컨 같은 것들

지난여름은 유난히도 무더웠습니다. 좀 과장한다면 철근이 녹아내릴 정도의 폭염이었습니다. 전기세 많이 나올까 봐 리모컨도 멀리 치워 놓고 장식품 취급을 하던 에어컨을 시쳇말로 원 없이 '플랙스'했습니다. 아내가 쓸데없이 전기세 많이 나오게 오랫동안 에어컨을 켠다고 태클을 걸지만 나는 작정을 하고 한마디 했습니다.

"여보, 생각을 좀 해봐! 우리가 에어컨을 구매하고 7년 동안 3번의 이사를 다녔는데 이전 설치비용과 수리비용 다 합치면 에어컨을 구매한 비용 이상으로 더 들어갔다고. 자린고비도 아니고 이건 너무 한 것 같아!"

물론 과유불급이라고 낭비는 안 좋지만 시원한 여름을 보내려고 에어컨을 사놓고 전기세 아낀다고 더위를 참으며 신줏단지처럼 모시는 것은 너무 미련하다는 생각이 들었습니다.

속마음은 전기세 폭탄을 맞는 것 아닌가 걱정했는데, 다행히 정부 정책으로 여름 전기세를 할인해줘서 에어컨 사용 시간에 비해 전기요금이 많이 나오지 않았습니다.

"이럴 줄 알았으면 더 시원하게 많이 틀 걸 그랬어!"

아내에게 호기롭게 큰소리 한번 쳤습니다.

기름 한 방울 나오지 않는 나라에 살면서 전기를 절약하고 자원을 아끼는 검약의 미덕을 발휘해야 하는 것은 필요합니다. 그러나 뭐든지 지나치게 아끼다 보면 삶의 질이 떨어집니다. 가용할 수 있는 자원을 적절하게 활용해서 생산성과 행복감을 높이는 지혜를 발휘해야 합니다. 더 나이가 들면 생각이 또 달라질 수 있겠지만 이제 오십 년 넘게 살아보니 그런 생각이 듭니다.

학창 시절에 교통비를 아낀다고 먼 거리를 걸어 다니는 친구가 있었습니다. 하지만 그 친구는 술자리에서 "인생 뭐 있냐? 달리자!"라고 외치면서 술 마시는 돈은 아끼지 않았습니다. 적당히 술 마시고 버스 타고 가지, 왜 과음하고 걸어가는지 이해되지 않았습니다. 나중에 나이 먹어 이유를 물었더니, 자기도 그때 왜 그랬는지 모르겠다고 하더군요. 물론 그 친구는 이제 교통비를 아낀다고 걸어 다니지도, 돈 생각하지 않고 술을 마시지도 않습니다.

사람이든 사물이든 그 대상이 갖는 본연의 의미와 가치를 발휘할 수 있도록, 그래서 처음의 그 쓰임에 충실하도록 만들어야 합니다. 이를 위해서는 잠시 멈추고 내 삶에 에어컨처럼 처음 구매할 때의 의도와는 다르게 방치되는 것들을 발견하는 노력, 그리고 지나침도 부족함도 없도록 활용하는 중용의 미덕이 필요합니다.

나를 힘들게 하는 습관

현재 살고 있는 신도시에 인구가 늘어나면서 출·퇴근 시간에 버스 타는 일이 전쟁이 되었습니다. 특히 퇴근 시간에 서울에서 집 방향으로 오는 버스를 타려면 길게 늘어선 줄에 서서 인내와 싸워야 합니다. 고속도로를 무정차하여 통과하는 좌석버스라 정원 이상 태우지 못합니다. 도착하는 버스 전면에 LED로 표시되는 탑승 가능 인원을 확인하며 앞에 서 있는 사람들의 숫자를 헤아리기도 합니다.

시내에서 미팅이 끝난 후 공교롭게도 퇴근 시간 러시아워에 걸렸습니다. 버스 정거장이 첫 출발지가 아닌 중간 정거장이다 보니 앞선 정거장에서 승차한 사람으로 버스가 꽉 차서 한두 명만 태우고 떠났습니다. 길게 늘어선 줄 끝에 서서 지나가는 버스를 하염없이 바라보며 1시간 가까이 기다렸습니다. 배는 점점 더 고파오고 밤 기온이 쌀쌀해지면서 추위까지 밀려왔습니다. 버스 좌석에 여유가 생겨 승차하려면 30~40분을 더 기다려야 상황이었습니다.

'집에 가기 더럽게 힘드네!' 투덜거리다 문득 '이렇게 긴 시간 버스를 기다리며 줄을 서 있어야 하나? 퇴근 시간이 지나면 좌석이 많아 쉽게 버스를 탈 수 있을 텐데. 버스를 기다리느니 차라리 근처에서 저녁을 먹고 책 좀 보다가 조금 늦게 들어가면 어때? 빨리 들어가서 뭐 하려고' 하는 생각이 들었습니다.

그동안 버스를 이용하면서 이런 생각을 한 번도 하지 않았다는 것에 '역시 나야' 하며 쓴웃음이 지어졌습니다. 배고픔과 추위를 참아가며 미련스럽게 버스를 기다리는 나의 모습이 내 삶의 한 단면을 보는 것 같았습니다. 이건 우직함이 아니라 미련한 겁니다. 물론 어떤 상황에서는 이것이 장점이 될 수 있지만, 무조건 기다리고 다른 가능성을 생각하지 못하는 것도 습관처럼 굳어졌다는 것을 이제야 인식하게 된 거죠.

나는 처음으로 버스 기다리는 것을 중단하고 아내에게 전화를 걸어 밥을 먹고 천천히 가겠다고 말했습니다. 버스 정류장을 벗어나 지하철역 상가로 내려가 저녁 식사를 하고 휴대전화로 보고 싶었던 드라마를 보면서 그 시간을 즐겼습니다. 1시간 정도 지나 휴대전화 앱으로 버스 상황을 확인해보니 좌석에 여유가 생겼고, 천천히 나와 버스를 탔습니다. 집으로 돌아오는 버스 안에서 이런 다짐을 해봅니다.

'사소하지만 무심코 하는 생각과 행동을 다시 들여다보고 나를 편하게 하는 방향으로 유연하게 바꾸어 가자.'

가방을 비우고 내려놓는 것

아침에 출근하는데 등에 멘 가방이 묵직하게 느껴졌습니다. 갑자기 얼마 전 딸과 나누었던 대화가 생각났습니다. 본가에서 명절을 보내기 위해 짐을 싸는데 딸의 가방이 유난히도 크고 무거워 보였습니다.

"딸, 가방에 뭐가 그렇게 많이 들었어? 누가 보면 이사 가는 줄 알겠다."

아내가 내 얘기를 듣고 딸에게 놀리듯이 한마디 더 했습니다.

"뭐 화장품이나 잔뜩 가져가겠지!"

나 역시도 놀리듯 말했습니다.

"그럴 리가, 공부하려고 책을 많이 가져가겠지!"

딸은 엄마와 아빠가 빈정거리며 말하는 의도를 파악한 듯 한마디로 깔끔하게 상황을 정리했습니다.

"신경 쓰지 마세요. 제가 알아서 할게요."

본가에 도착해서 딸의 가방을 보니 화장품뿐만 아니라 책이 잔뜩 들어 있었습니다. 딸의 가방을 보고 있자니 내가 싫어했던 나의 모습을 딸에게서 발견한 것 같아 웃음이 나왔습니다. 평소에 딸이 가방을 무겁게 들고 다니는 것에 대해 필요 이상으로 참견하고 불편해하는 것도 해결되지 않는 나의 문제를 딸이 갖고 있기 때문입니다.

나는 학창 시절에 친구들에 비해 신장과 체구는 작지만 가방은 누구보다 크고 무거웠습니다. 무거운 가방은 나의 열망과 불안감을 대변하는 상징이었습니다. 항상 가방을 챙기면서 마음을 다잡고 의욕을 불사릅니다. 머릿속에는 흔들림 없이 집중하며 공부하는 나의 모습을 상상했습니다. 내일 세상이 종말하더라도 오늘 모든 공부를 끝내겠다는 사람처럼 이 과목 저 과목 많은 참고서를 가방에 밀어 넣었습니다.

하지만 한 번도 처음에 계획했던 대로 공부해본 적이 없습니다. 나의 문제는 과다한 의욕으로 인한 무리한 계획인데, 오히려 부족한 실행력을 탓하며 다음 날에도 여전히 가방을 무겁게 채웠습니다. 무거운 가방은 내 어깨뿐만 아니라 나의 마음과 청춘의 행복을 짓누르고 불편하게 만들었습니다.

그런데 나는 여전히 그렇게 살고 있습니다. 읽지도 않을 책을 잔뜩 가방에 넣고 사무실로 출근하고 온종일 거들떠보지도 않은 책을 집에서 읽겠다고 다시 가방에 넣고 퇴근합니다. 그래야 마음이 편하고 불안감이 줄어듭니다. 요즈음 이런 나로부터 벗어나기 위해 노력하고 있습니다. 본가에 갈 때 챙겨가던 노트북을 내려놓고, 시내로 사람을 만나러 갈 때 책을 넣어 들고 다니던 가방을 내려놓습니다.

사람들은 각자 무거운 가방을 상징하는 것들을 갖고 있습니다. 가방은 마음, 관계, 습관, 태도이며 삶을 대변합니다. 무엇으로 얼마만큼 채우고 있는지, 내려놓을 수는 있는 것들은 무엇이 있는지 생각해봐야 합니다.

잠깐 쉬는
여유

몇 주간 바쁜 스케줄을 소화하고 오랜만에 아침에 침대에 누워 게으름으로 사치를 대신하고 있는데, 문득 걷고 싶다는 생각이 들었습니다. 청명한 날씨에 따사로운 햇빛을 온몸으로 맞으며 걸을 수 있는 것도 내 직업의 혜택인데, 그동안 소홀했다는 생각이 듭니다. 더 뭉그적대면 나중에 후회할 것 같아 벌떡 일어나 옷을 갈아입고 동네 수변도로로 나갔습니다. 평소에 수변도로를 따라 걷다 중간에 있는 작은 산을 통과하여 집으로 돌아옵니다.

오늘도 수변도로 끝까지 걸어갔다가 발길을 돌려서 돌아오는 길에 산으로 진입했습니다. 동네 산이지만 높은 고개가 세 개 정도 있고, 올라가는 중간에 휴식을 위한 나무 벤치들이 있어서 땀도 흘리고 적절하게 휴식을 취할 수 있는 코스입니다.

오랜만에 산에 올라서인지 경사도가 높은 고개를 오르는데 숨이 턱까지 차올랐습니다. 숨을 헐떡이며 정상에 오르는데 중간에 나무 벤치가 보여서 잠시 쉬었다 가려다 늘 그랬던 것처럼 그냥 지나쳤습니다.

항상 산을 오르다 나무 벤치가 있는 지점에 오면 그냥 갈까 쉬었다 갈까 고민하지만 '조금만 더 참고 정상에 올라가 확 트인 풍경을 바라보며 쉬자. 지금 쉬기에는 너무 빠른 것 같아'라고 생각합니다. 동네 산책을 하며 중간에 쉬면 운동 효과도 떨어지고 끈기가 부족함을 드러내는 것 같아 늘 한 번에 완주했습니다.

그런데 요즈음 이런 태도가 내 삶의 전반을 지배하고 있다는 생각이 듭니다. 예를 들어 집안일을 해도 허기가 지고 지칠 때까지, 강의 준비도 시작하면 끝낼 때까지 휴식 없이 합니다. 하루가 모여 인생이 된다고 하는데, 매일의 삶에서 일과 휴식의 적절한 균형을 이루지 못하고 미루다 보면 죽어서야 편하게 쉬지 않을까 염려됩니다.

동네에서 산책하면서 그 과정을 즐기지 못하고 중간에 쉬는 것을 일종의 나약함으로 여기며 정상을 향해 치닫고 있는 나에게 물어봅니다.

'내가 진짜 원하는 산책이 무엇인가? 어떤 산책을 하고 싶은가?'

젊은 시절 과정보다는 결과만을 생각하며 앞으로 내달리며 살았습니다. 이런 태도가 나와 주변 사람들을 힘들게 만들고 갈등을 만들기도 했습니다. 아들은 나하고 제주도 트래킹과 자전거 라이딩을 다녀온 후로 다시는 나하고는 여행을 가지 않겠다고 합니다. 아내를 통해 이유를 들었는데 아빠는 여행을 일처럼 쉬지 않고 빡빡하게 해서 너무 힘들다고 합니다. 좋은 추억을 만들기 위해 어렵게 만든 시간이 아들에게는 고통의 시간이었나 봅니다.

이런저런 생각들을 하며 또 다른 언덕을 오르는데 나무 벤치가 나타났습니다. 이번에는 고민하지 않고 마음이 끌리는 대로 편하게 앉았습니다. 매일 지나가던 익숙한 벤치이지만 앉아서 앞에 펼쳐진 숲을 보니 생경한 느낌이었습니다. 10분 정도 앉아서 숨을 가다듬고 다시 언덕을 오르는데 잠깐의 휴식이 올라가는 발걸음과 마음을 가볍게 만들었습니다.

젊은 시절은 열심히 내달려 정상에 올라가는 '점'의 가치를 추구했다면, 오십 이후에는 정상을 향해 올라가는 과정을 즐기는 '선'의 가치도 필요합니다. 그리고 할 수 있다면 남은 삶은 누군가 쉬고 기댈 수 있는 벤치가 되고, 누군가 내어주는 벤치에 발걸음을 멈추고 쉬어가는 여유를 가져야 할 것 같습니다.

새로운 마음과 몸의 근육 만들기

약속이 있어 한 동네의 조그만 카페로 들어가 앉았습니다. 앞 테이블에는 할아버지들이 앉아서 대화를 나누고 있었습니다. 요즈음 동네 카페에 삼삼오오 앉아서 대화하는 실버들의 모습을 자주 발견합니다. 커피 한잔 시켜 놓고 노년의 무료함을 달랠 수 있는 장소로 괜찮은 것 같습니다. 일부러 엿들으려고 한 건 아닌데 할아버지들의 대화 소리가 들렸습니다.

"김○○ 알지?"

"어, 알지! 근데 왜 무슨 일 있어?"

"그 친구 몇 살이지? 아니 그 친구 지나가다 만나면 고개를 빳빳하게 들고 인사도 안 해. 걔 도대체 몇 살이야?"

"내가 알기로는 그 친구가 이제 일흔다섯인가 그렇지!"

"아니, 나이도 어린놈이 싸가지 없이 인사를 안 해."

일흔다섯 살의 나이에 인사를 안 한다고 싸가지 없다고 화를 내는 할아버지의 얘기에 나도 모르게 헛웃음이 나왔습니다. 코미디 프로그램의 한 장면 같아 재미도 있었지만, 고령화 시대의 단면을 보는 것 같아 씁쓸함이 느껴졌습니다.

어느 날인가 대학원 강의를 하러 가기 위해 택시를 탔습니다. 우연히 운전사의 옆모습을 보니 얼굴에 검버섯이 여기저기 보였습니다. 룸미러로 보니 나이가 꽤 많아 보였습니다.

"연세가 어떻게 되시는데 택시운전을 하세요?"

나는 실례를 무릅쓰고 물었습니다.

"나 여든셋이오."

"네, 진짜요? 정말 대단하세요. 그런데 운전하는 데 건강은 괜찮으세요?"

"아, 그럼 괜찮지. 아픈 데가 없어 미치겠어!"

아내는 집에 있고 자식들은 다 출가했는데 심심하기도 하고 많은 돈은 아니지만 생활비에 보태려고 택시운전을 하고 있다고 물어보지 않은 얘기까지 했습니다.

고령화 시대에 미래 나의 모습을 보는 것 같아 마음이 편하지는 않았습니다. 최근에 후배나 친구들을 만나면 입버릇처럼 "이제 나도 나이가 먹을 만큼 먹었어. 이제 슬슬 내려놔야지. 무슨 부귀영화를 누리려고 치열하게 살아. 다 소용없어!"라는 말을 하게 됩니다.

그러나 백 세 시대에 오십 대는 청년입니다. 보장된 것은 아니지만 살날도 생각보다 많고 적당히 대충 살기에는 환경이 녹록지 않습니다. 오십 대는 애들 대학 공부시키고 빠르면 결혼까지 시켜야 합니다. 취업하지 못하고 집에서 놀고 있는 캥거루(부모에게 경제적으로 의존하는 20~30대의 젊은이들을 일컫는 용어)라도 있으면 부담이 만만치 않습니다. 몸도 여기저기 고장 나기 시작하고 회복력이 떨어져 어쩌다 한번 과음이라도 하면 며칠을 고생합니다.

이런 생각을 해보니 카페에서 친구들과 커피 한잔하며 인사 안 하는 칠십 대 중반 후배의 싸가지를 운운하고, 팔십이 훌쩍 넘은 나이에 택시를 운전하며 아픈 데가 없어 미치겠다고 하는 할아버지들은 오십 대를 어떻게 보냈을까 궁금해집니다.

오십 대는 남은 오십 년을 살아갈 마음과 몸을 준비하는 하프타임이 되어야 할 것 같습니다. 젊은 시절, 나이만 믿고 혹사시켰던 몸과 마음을 치유하고 남은 삶을 살아갈 새로운 근육을 만들어 인생 후반전을 멋지게 뛰어야 하지 않을까요?

또 다른 나를 만나는 연습

오십이 넘어 새로운 나와 마주하는 연습을 시작했습니다. 이 책이 그 과정이고, 하나의 결과물입니다. 그동안의 나를 부정하기보다는 젊은 시절 스스로 만든 프레임에서 벗어나 새로운 나를 만나기 위해 노력하고 있습니다. 마음도 조금씩 안정되고 행복감도 조금씩 높아집니다. 남은 세월 동안 또 다른 나를 만나는 연습을 꾸준히 하며 흔들리지 않고 멋지게 살아야 하지 않을까요?

[내가 실천하고 있고 계속 해야 할 연습]

- 때로는 적당히 대충하면서 나의 잠재력을 믿어보기
- 말하기 전에 한 번 더 생각하고 말하기

- 아내와 쇼핑가서 빨리 가자고 채근하지 않고 끝까지 함께하기
- 아무것도 하지 않고 편안한 시간을 나에게 선물하기
- 일이 있는 전날 사람도 만나고 하고 싶은 다른 일도 하기
- 일하다가 과감하게 중단하고 운동하러 나가기
- 보고 싶은 친구와 번개로 만나기
- 갑자기 연락온 사람과 앞뒤 재지 않고 만나기
- 연락 없이 갑자기 부모님 찾아뵙기
- 계획 없이 충동적으로 여행 떠나기
- 사고 싶은 것 고민하지 않고 플렉스해보기
- 아내와 아이들이 지적해도 화내지 않고 수용하기
- 잡생각 없이 하던 일을 멈추지 않고 끝까지 해보기
- 때로는 완벽하지 않은 환경이나 조건을 받아들이기
- 아이들에게 잔소리하지 않고 참으며 묵묵히 기다려주기
- 타인의 기대를 의식해 연락하거나 약속 잡지 않기
- 말하고 싶고 알리고 싶은 것이 있어도 참기
- 누군가 도움을 요청했을 때 거절해보기
- '언제 술 한잔하자'는 말하지 않기
- 다른 사람 뒷담화하지 않기
- 잘나가는 사람 칭찬하고 응원해주기
- 자동차 기름 항상 여유 있게 넣고 다니기

- 내 주변에 괜찮은 장소와 시설 찾아서 이용해보기
- 일하던 것을 멈추고 아내의 도움과 요청에 반응하기
- 일이 없어도 불안해하지 않고 편안한 마음으로 할 일 하기
- 사람과 만나고 대화할 때 온전하게 상대에게 집중하기
- 오랫동안 사용하지 않는 물건들 찾아 버리기
- 맛집에 가서 오랫동안 줄 서서 기다려보기
- 교통체증이 심한 주말에 어디든 가보기
- 어떤 활동이든 그 활동 자체에 집중하며 즐기기
- 여행 가서 많이 돌아다니지 않고 한 곳에서 충분히 휴식하며 즐기기
- 때로는 아름다운 장면을 사진으로 찍지 않고 눈으로만 바라보기
- 아내와 아무 생각 없이 낄낄대며 예능 프로그램 보기
- 책상에 앉지 않는 날 만들기
- 입지 않는 옷 정리해서 버리기
- 버스 안에서 휴대전화 보지 않고 창밖 먼 풍경 바라보며 멍때리기
- 누군가에게 선물 같은 사람이 되기
- 내가 괜찮은 사람 되기
- 언제든 다른 가능성에 대해 생각하기
- 시작과 끝, 지속과 멈춤, 채우기와 비움의 중용 실천하기